献给热爱海洋、勇于探索未来的你

深海星辰

宁波中国港口博物馆 编
阿缺 著　　乙千 绘

浙江教育出版社·杭州

图书在版编目（CIP）数据

深海星辰 / 宁波中国港口博物馆编；阿缺著；乙千绘. -- 杭州：浙江教育出版社，2024.9. -- ISBN 978-7-5722-8786-2

Ⅰ. I247.5

中国国家版本馆CIP数据核字第2024G4E260号

深海星辰
SHENHAI XINGCHEN

宁波中国港口博物馆　编　　阿缺　著　　乙千　绘

项目策划：吴颖华　魏　嘉　　　责任校对：苏心怡
责任编辑：刘亦璇　徐梁昱　　　责任印务：陈　沁
美术编辑：韩　波
封面设计：观止堂_未氓
出版发行：浙江教育出版社（杭州市环城北路177号）
图文制作：杭州林智广告有限公司
印刷装订：浙江新华印刷技术有限公司
开　　本：890 mm×1240 mm　1/32　　印　张：7.625
字　　数：152 000
版　　次：2024年9月第1版　　　印　次：2024年9月第1次印刷
标准书号：ISBN 978-7-5722-8786-2
定　　价：38.00元

如发现印、装质量问题，请与本社市场营销部联系调换。联系电话：0571-88909719

目 录

01	倒霉的夏天	001
02	神秘的老人	015
03	奇怪的潜水俱乐部	025
04	潜水惊魂	039
05	"小蓝珊"之谜	055
06	镇海王	069
07	再遇凶徒	085
08	时空拼图	103
09	水之往事	115
10	转机	123
11	天外秘闻	131
12	打捞飞船	147
13	时空穿梭	167
14	博物馆之夜	183
15	惊涛骇浪	205
尾声	幸运的夏天	223
	水下考古小贴士	229

01
倒霉的夏天

本来，毕晓呈是很期待她这个初三结束的暑假的。长达六十多天的假期，可以在家睡懒觉、"追番"，把那几个喜欢的"UP主"的视频都刷完。哦对了，还要去旅游！爸妈在年初就答应过她，只要中考考出好成绩，就带她去上海！说起来，她在宁波长大，离上海这么近，都还没去过迪士尼呢……而比旅游更让她开心的是，她一直思念的哥哥终于结束海外留学，回到宁波工作！她又可以像以前那样，整天跟在哥哥屁股后面了。

然而，所有的计划，在暑假到来的第一天，全部破碎。

"晓呈啊，"爸爸犹豫着对她说，"从今天起，爸爸可能要出去住了。"

毕晓呈还没反应过来，天真地问："爸爸你是要出差吗，去多久呀？"

爸爸想要解释，但噎住了，最终只是摇摇头，收拾好一个行李包裹就走出了屋子。

没多久，妈妈也从房间出来，对她说："最近妈妈有点忙，白天要出去咨询一些事情，你乖乖待在家。想吃什么就自己点外卖，不用省。"

"咨询什么事啊？"毕晓呈更加迷茫。

妈妈也没有过多解释，给她一笔零花钱，又接了个电话，一边低声询问着什么，一边匆匆出了门。

转瞬间，屋里就只剩下毕晓呈一个人。平时她老觉得家里不大，家具又占地方，希望爸妈多挣钱早点买大房子，但现在，她第一次觉得这个房子空空荡荡。

她独坐沙发，直到天黑都没有回过神来——怎么说好的快乐暑假、迪士尼城堡、父母环绕、欢声笑语……全都成了梦幻泡影？

直到晚上，毕晓呈的哥哥毕晓星下班回家，才跟她解释原由。

"噢，"哥哥把包放下，去厨房给毕晓呈做饭，一边摆弄刀勺，一边漫不经心地说，"他们好像要离婚。"

"啊？"毕晓呈一下子从沙发上跳起来，眼睛都睁圆了，"这么大的事，你怎么才跟我说？"

哥哥说："你在学校，大家都不想影响你中考。"

"那他们为什么要离婚呀？"

"好多原因吧，慢慢就合不来了。"哥哥熟练地洗菜切菜，拧开煤气灶，"亲戚们都来劝过了，没用。"

毕晓呈气鼓鼓的，但愣了许久，又慢慢坐回沙发。她想起来，这几年家里争吵的确变多了，她在家时，爸妈很少像以前那样和声细气地聊着什么。

"可是,都过了这么多年了……"她嘟囔着。

哥哥把几盘菜端出来,坐在她对面说:"有些事,是过得越久越难磨合的。或者,之前他们都磨合好了,但就是因为过了这么多年,之前已磨平的棱角又慢慢长出来了。"

毕晓呈似懂非懂。她吃了几口饭,肚子能消化米饭和蔬菜,但消化不了哥哥的话。

她抱怨:"好麻烦呀。"

"是啊,人长大了就会变得这么麻烦。"

"那哥哥你不是也长大了吗?"

这句话让哥哥一愣。他端着碗,捏着筷子,迟迟没有插进米饭。

"是啊……"他轻轻地说,"我也长大了。"

哥哥今年二十五,比毕晓呈大十岁。在她还小的时候,哥哥一直是所有人眼中的乖孩子——勤快、懂事、学习好,本科就去名校读了海洋科学专业,又在国外念了水下考古的硕士;据说硕士还没毕业,就去过海外大公司实习;毕业后归国,一回到宁波,就考进宁波中国港口博物馆,有了正式工作。

毕晓呈八岁以前,每天跟哥哥混在一起;而八岁后,哥哥一直在外面念书,很少回家。这期间,她见到哥哥的次数屈指可数。今年哥哥回到宁波，两人见面的次数总算多了点，但印象中那个总是带着自己玩耍、怎么捏他鼻子都不会生气的少年，已经变得很陌生。尤其是，哥哥以前白白净净，学了几年水下考古，被晒得黝黑。

"水下考古……"毕晓呈咂摸着这个词，"不是在海里面吗，怎么晒成这个样子？"

哥哥无奈地说："只是其中一个环节在水里，在确定水里有文物之前，我们要定位和勘探，要用很多仪器，比如声呐设备，得天天在海上漂着。风吹日晒，就这样了。"

"好吧。"顿了顿，她又为哥哥找补："健康色嘛。"

总之，哥哥回来了，虽然变得陌生——或许是因为自己也长大了，不再是那个随随便便就能跳到哥哥背上耍赖不肯走路的小姑娘，但总归是好处更多些。尤其是在爸妈处理离婚事项的关键时刻，至少家里有个人陪着她。

不过，吃完饭，哥哥又补上了今天的最后一击。

"对了，晓呈，"哥哥欲言又止，"这两个月我要忙馆里成立十周年的事情，单位给我安排了宿舍，可能我——"

毕晓呈打断他："你也不回家了吗？"

哥哥沉默。

沉默里有哥哥的无奈。窗外透进一抹斜阳，在这情景中增添了些许悲伤的氛围。

毕晓呈鼻子一酸，揉了揉眼睛，别过头去。她是要强的人，就算要哭，也只会晚上一个人在被子里干嚎两声。

当晚，爸爸果然没在家睡，妈妈也回来得很晚。次日早上，妈妈又是接着电话出门，哥哥也把行李收拾好了。

这一天毕晓呈醒得比上学时都早，一直躲在房里，趴在门后偷看。她先是看到妈妈出门，身影如风一般消失在门外；又看到哥哥拖着行李箱，她的心慢慢跌到谷底。

这时，哥哥突然站住，转过身，对着毕晓呈的房门说："你送我到地铁站吧！"

"啊？"毕晓呈在门后惊讶得张开嘴，愣了快一分钟，才打开门。

哥哥微笑地看着她，把话重复了一遍。

两兄妹在晨风中行走，日头还未升起，近海城市的风中有几分凉意。毕晓呈穿的是裙子，露出半截小腿，裙摆随着她的步伐有规律地跳跃。哥哥怕她受凉，脱下自己的外套，披在她肩上。

许多车从他们身侧驶过。

"哥，"她忍不住问，"港口博物馆也在宁波，为什么就不能在家住呢？"

"在北仑嘛，离市区还是有点远。这几个月得忙纪念展的事情,而且……还是住宿舍安全一点。"哥哥解释说。

"安全?"毕晓呈一愣。

哥哥站住想了想,摇头说:"说错了,是方便一点。"

看哥哥的样子,刚刚不像是说错……好吧,其实毕晓呈也理解,哥哥刚参加工作,肯定要重视一点。只是,哥哥要是住宿舍的话,那对毕晓呈而言,就跟哥哥前几年在外求学的区别不大了,两兄妹接触的时间还是少。

她还是"嗯"了一声,低头继续走。

地铁站就在街对面,现在是红灯,他们在斑马线前等着。哥哥突然转过身,跟她面对面站着。"哎呀,"他说,"小妹,你长高了呀。"

"我都十五岁了嘛。"

"比同龄人应该也高吧?"

毕晓呈之前没有想过这个问题,此时认真回忆了一下,点点头说:"嗯,好像在班上比较高,我是校篮球队的,很多男生都是我手下败将!"

哥哥含笑看着她,摸了摸她的头顶,说:"真好,很快就要长大了。"

毕晓呈想起昨天哥哥说的话,撇嘴说:"可是长大了就变得复杂,好麻烦呀。"

"没关系的,哥哥可以一直保护你。"

这句话让毕晓呈眼角一紧。在这个瞬间,她熟悉的哥哥终于回来了,仿佛过去七年在外求学的隔阂不复存在,他们又变成了那对形影不离、在整座城市到处探险的小小兄妹。

她想说点什么,这时,路口的红灯转绿。

"那我先走啦,你回家吧。"哥哥提起行李箱,"周末我回来看你。"

毕晓呈抽了抽鼻子,怕一说话就是哭腔,便只是点点头。

哥哥转身走向斑马线的另一边。

来往的汽车都停在路口,安静地等待。毕晓呈目送哥哥走向对面,走到一半,她才想起来哥哥的外套还在自己肩上。

"哥!"她喊道:"你的衣服还没拿呢!"

哥哥转身,有些惭愧地冲她一笑:"瞧我,都忘了……你别动,我来拿。"

他拖着箱子往回走。

太阳终于露出头,朝霞照在他脸上,投下斑斑驳驳,映出光光点点。他温和地看着妹妹,从斑马线中间走回来。

此时,绿灯依旧无声地亮着。

也正是在这一瞬间,一辆黑色轿车驶来,速度极快,像墨染的闪电般倏忽而至。毕晓呈只觉得眼角一跳,再一抬头,就看到哥哥已经高高飞起,像被小孩遗弃的玩具一样。

哥哥先摔在地面上,滚了两圈,撞倒了垃圾箱,才以一个极为扭曲的姿势停下。

他滚过的地方,留下一片殷红。

毕晓呈愣住了,过了快半分钟才反应过来。

她发出凄厉的尖叫。

哥哥的车祸很蹊跷。

在病房外,两个警察叔叔反复询问毕晓呈,她也一遍遍地把所看到的一切告诉他们。

"我哥哥刚转身,那辆车就撞过来了……呜,我都没看清……哦对,撞完我哥哥后,车上还下来两个男人,我记得穿黑衣服,其中一人的脸上有枝形伤疤,跑得很快……"毕晓呈披着哥哥的外套,脸上泪痕未干,说得断断续续,"他们把我哥哥的行李箱捡起来,扔到车上,又上车跑了……"

高一点的警察叔叔一脸严肃地问:"还有什么其他细节吗?"

毕晓呈拼命回想,也许是惊吓过度,只记得这些,就

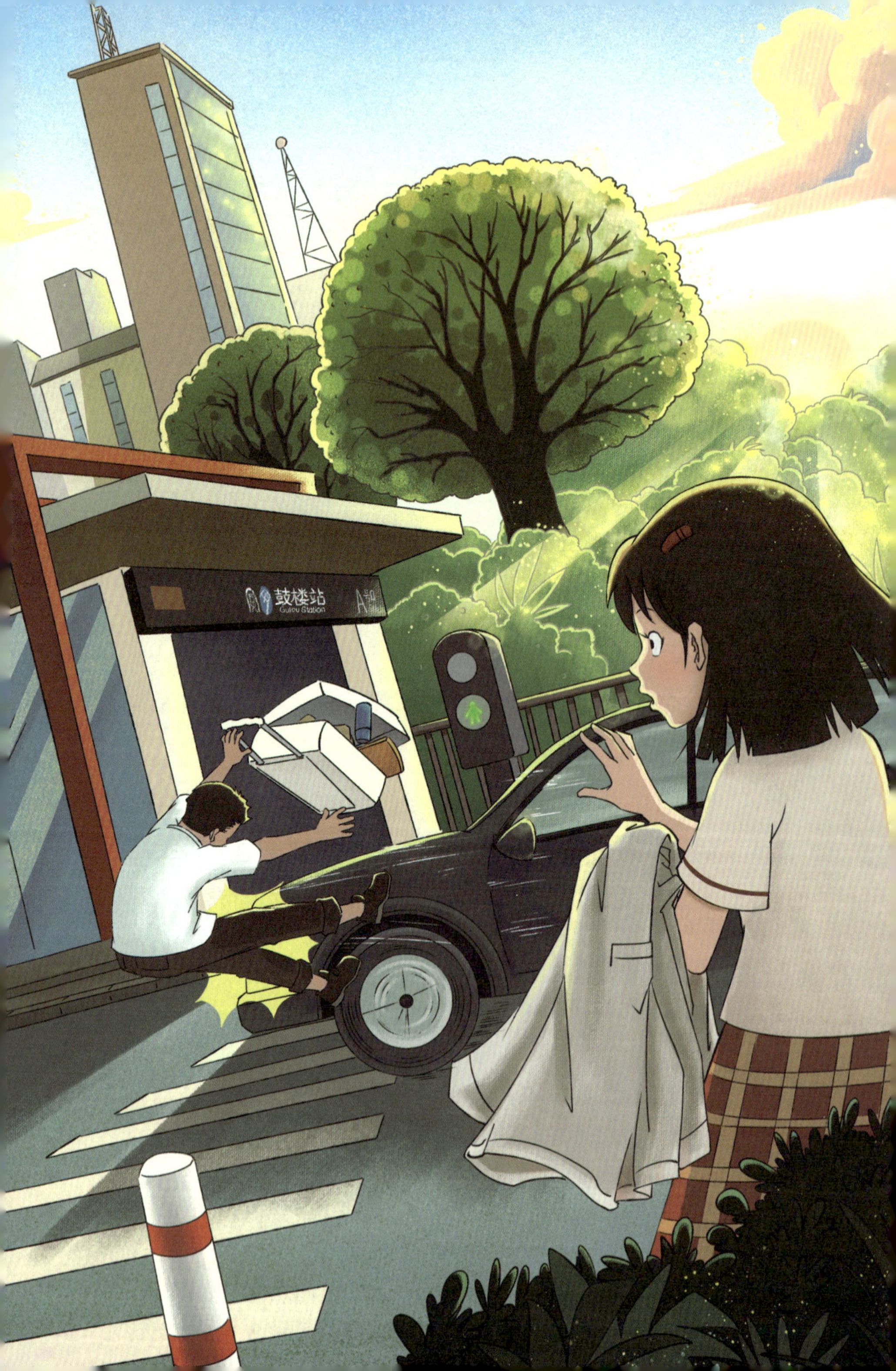
鼓楼站
A

摇了摇头。

胖一点的警察叔叔叹了口气,对她说:"谢谢你,小姑娘,你已经做得很好了。"

"那我哥哥……"毕晓呈抬起头,抓住胖警察的衣摆,"我哥哥会怎么样?"

"我们不是医生,具体的情况也不了解。"高警察谨慎地说。

其实毕晓呈早就听过医生的判断。她早上跟着救护车来医院,后来爸妈也赶来了,医生跟爸妈说话时,她就在一旁听着。

"伤势比较重,什么时候醒过来还不好说……"医生说了许多医学术语,她听不懂,但听起来似乎哥哥身体里很多东西都断开了,或者不运作了。

她急得直掉眼泪。

后来,医生又总结说:"先住院观察吧,不过情况不太乐观。"

毕晓呈还小,对"不太乐观"这四个字的理解能力有限。她只记得,之前爷爷生病去世前,医生也是这么说的;昨晚她问父母能不能和好时,哥哥也是这么说的……还有其他的时刻,每次听到"不太乐观",都有很不好的事情发生。好像成年人发明"不太乐观"这几个字,就是为了给一场悲剧拉开帷幕。

她很想在别人口中听到哥哥能好起来的话,但警察叔叔没有顺她的意。他们经过调查,得出了结论——哥哥是被人故意撞的,目的是抢走那个行李箱。但凶手是谁,行李箱里有什么,目前还在查。

"有什么是我可以帮忙的吗?"一听事情这么严重,毕晓呈的心又提了起来。

高警察问:"你哥哥……会不会之前得罪过什么人?"

毕晓呈连忙摇头:"不可能!他脾气很好的,对谁都和和气气!"

胖警察听后也说:"是啊,他的同事我们也问过了,小伙子人缘挺不错的。"他又安慰毕晓呈:"不过你放心,我们会抓到罪犯的!"

调查完,他们就面色凝重地离开了医院。

送走两个警察,毕晓呈去卫生间哭了一会儿。她怕爸妈看见自己的泪痕会更烦心,就又洗了把脸。镜子里,她披着哥哥的外套,脸都哭肿了。她用水揉了好久,但眼角的肿胀始终消不掉,还时不时淌着泪水。

卫生间镜子旁的纸筒里没纸巾了,她干脆撩起外套擦眼泪。

这一撩,她感觉到外套口袋有点重,掏出来一看,竟然是一串吊坠。

细链是白金色的，属于那种很精致的绞合链串，而吊坠最下面是一团泪滴状的吊饰——看不出材质，像水晶，也像玉，晶莹剔透。毕晓呈把吊饰凑到眼前，发现这团泪滴的中间，好像还注入了一点蓝色的液体，没注满，在吊坠内部晃来晃去。

咦，这是哥哥的吊坠吗？毕晓呈仔细回忆，哥哥脖子上向来干干净净，没见他戴过什么吊饰。

不过这毕竟是哥哥口袋里的，肯定是他的物品。哥哥现在躺在病床上，昏迷不醒，毕晓呈也没多想，就把吊坠戴在了自己脖子上。

"叮……"

极其轻微的声音响起。

毕晓呈没有听见。她只感觉吊坠贴紧的胸口位置，有一丝冰凉。在这盛夏之中，如有冰块融化，凉意渗进她薄薄的皮肤。

哥哥出了事，爸妈也是忧心如焚，他们在医院陪护了好几天。刚开始，爸妈因为哥哥出车祸抱头痛哭，似乎在互相慰藉。毕晓呈在一旁看着，还以为他们要因为这件事而和好——也算是一大堆坏事里唯一的好事，但没过多久，爸妈又开始互相埋怨，责怪对方没有照顾好儿子。

毕晓呈就坐在昏睡不醒的哥哥身边,听爸妈争吵的声音由小变大,又最终消失。一个星期后,哥哥还是没有好转,而她天天在医院守着。

陪伴她的,只有昏迷不醒的哥哥,以及令她胸口微微发凉的泪滴状吊坠。

毕晓呈

02 神秘的老人

这一天,警察没来探访,毕晓呈的爸妈约了律师,去事务所谈离婚财产分割的事情。整个病房,除了偶尔进来查房的护士,就只有毕晓呈和她昏迷未醒的哥哥。

看着哥哥惨白的脸,毕晓呈很心疼。她给哥哥削苹果,放在床边,但显然哥哥吃不了。她心里难受,又无事可做,只能继续削苹果,仿佛削得够多哥哥就会醒过来咬一口。

当削掉了皮的苹果在桌上小盘子里被叠成高高的一堆时,病房门被推开了。

毕晓呈抬眼看去,发现走进来一位陌生的老先生。这位老爷爷很清瘦,又高,头发一片花白,穿着藏青色的大褂,儒雅整洁,胸前还挂着一副圆框眼镜,看起来像是知识渊博的老学者。

"老爷爷,您进错房间了。"毕晓呈提醒。

老人却笑了,对她说:"没弄错。"他看向躺在床上的毕晓星,"我是来看他的。"

毕晓呈问:"您认识我哥哥?"

"不只是认识,你哥哥是我的学生。"

毕晓呈一愣,仔细回忆:哥哥上大学以前都在宁波读书，他读过的学校，后来自己也逐一念过。无论是小学还是初中，都没在学校里见过这位老先生，那就只能是高中了。于是她小心地说："您是我哥的高中老师吧？"

不料，老人却摇了摇头，"我不是在学校里教的他。"又温和地看着毕晓呈说："他提起过你。他总是说，他有个很可爱的妹妹。"

这句话让毕晓呈又难过起来。她低头抹了抹眼泪，对老人说："我哥哥他……伤得很重，都已经昏迷两个星期了，还没醒过来……"

老人坐在床边，点头说："我知道。"

"他是被人故意撞的，但是到现在还没抓到凶手……"

"我也知道。"

毕晓呈正抽泣着，闻言诧异地抬头看老先生。

老人的眼睛里有一种沉淀了悠长岁月的深邃感，跟毕晓呈对视，莫名令人心安。他和蔼地说："但是我知道得有点晚，对不起。"后三个字，他是对着床上的哥哥说的。他从大褂兜里掏出一个盒子，放在桌边，对毕晓呈说："这里面是鱼油香薰，对你哥哥的病情有好处。你把它放在床头，通上电，它散发出来的味道有助于伤口愈合。"

毕晓呈接过来，只觉得入手很沉，问："香薰还要通电吗？"

"这不是普通的香薰，"老人解释道，"它的气味是通过微波把胶状鱼油打散成气态产生的，所以内置了电机和风扇。你放心，它对人体是无害的。"

"好神奇呀，这是在哪儿买的？"

老人摇头说："这款香薰还没有量产。"

毕晓呈还没见过这么复杂的香薰，凑近鼻子闻了闻，但什么气味都闻不到。

老人笑了，说："闻不到吧？哈哈，它的原料比较珍贵，只能制作成凝胶状，防止流失。"见毕晓呈有些犹豫，他又微笑着说："原料的成份比较复杂，但主要是从深海鱼体内提炼出来的生物精华。深海压力大，有些鱼类进化出了特殊的机制，比如骨质坚韧，能够抗压。用这种鱼研发出的香薰对人体也有好处。"

毕晓呈听得一愣一愣，只捕捉到了里面一个不常见的词语——深海。

"深海？"她问，"您去过吗？"

"不止我去过，你哥哥也去过。"老人又对她一笑，"过几天我再来看看你哥。"

毕晓呈按老人的吩咐，把盒子里的香薰拿出来，将充电的那一头插进床头的插座里。随着若有若无的嗡嗡声，一股淡雅的香味便在床头萦绕。晓呈凑近去观察，发现这玩意儿长得像那种常见的电蚊香，但透明罩里，躺着一小块深蓝色凝胶。

香气便来自这块凝胶。

毕晓呈坐回床侧的椅子上，又闻不到那股香气了。她好奇心发作，研究了半天，发现香薰里的风扇也不普通，虽小，风力不大，吹出来的风却形成了一个小型循环，始终围绕着哥哥的床头。

毕晓呈想起来，那位和蔼的老爷爷说过，香薰珍贵，应该是机器控制了风向，避免香气扩散。这种科技，她从没见过。

老爷爷在她心中的形象，除了和蔼，又多了一分神秘。

这种好奇也就一闪而过。她更担心的，还是哥哥的伤情，大多数时间她都待在病房里自习和许愿。

有一天，妈妈过来看哥哥，发现了抽屉里的香薰包装盒，以为是毕晓呈买的，随口问："在哪儿买的？"

毕晓呈连忙摇头，把老人来看望哥哥的事情说了出来。

"噢哟！"妈妈一听就急了，"你怎么这么不懂事！陌生人给的东西你也要？"

"他是哥哥的老师嘛，老师不会骗人的……"毕晓呈辩解。

"现在这世道！别说老师了，老公都靠不住！"一说起来，妈妈就一肚子火，把毕晓呈骂了一顿，又把她爸爸骂了十分钟，才气冲冲地离开。走之前，她把还剩下一小截蓝色凝胶的香薰扯下来，扔进了垃圾桶。

毕晓呈被骂得委屈极了，趴在病床边哭。

这些天她在病房里，压抑又疲倦，此时靠嚎啕大哭发泄了出来。她哭了半个多小时，哭着哭着，就抽泣着睡着了。这一觉又黑又长，还做了个回到小时候的梦。在梦里，哥哥带着她在海边玩耍，她在沙滩上摔了一跤，虽然不疼，但还是哭出了声。哥哥在一旁站着，让她自己站起来。她撇着嘴爬起来，站直了，哥哥才蹲下来替她打掉裙摆上的沙子，并摸了摸她的头发……

一只虚弱的手搭在毕晓呈头上，又滑到她耳垂边。

毕晓呈被这阵动静吵醒，迷迷糊糊地睁眼，说道："哥哥，我不疼……"刚说完，她才意识到——这不是梦！在抚摸她头发的，的确是哥哥的手！

她一下子跳起来，惊喜地说："哥！你醒啦！"

是的，病床上的哥哥已经睁开眼，虽然只睁开了一条缝，但相比前两周的不省人事，已经是天大的进展了！

"哥哥！"毕晓呈连忙扑到他身边，"你等等，我叫护士！"

"钥匙……"哥哥的声音很是虚弱,对她说:"钥匙还在吗?"

"什么钥匙?"

然而,只说完这一句话,哥哥就又晕了过去。

护士听到呼叫,连忙跑来,给哥哥做了检查。"咦?"看着仪器上的数据,护士皱着眉。

毕晓呈心顿时揪起来,问:"我哥哥怎么啦?"

"他这两天……恢复得好快呀,"护士说,"心跳稳定,也更有劲了,身体激素水平也在恢复正常。"

"那太好了!"

护士还是一脸困惑——这个伤者的病情前几天还特别严重,此时却快速好转,情况有点违背医学常识,于是她又去找主治医师,一起研究病情好转的原因。病房里变得热闹起来,只有毕晓呈待在角落里,无人搭理。她也没失落,反而皱着眉看向垃圾桶。

妈妈丢掉的香薰和包装盒,正在垃圾桶里安静地待着。

哥哥虽然只说了一句话,就又昏迷过去,但护士说他的身体比之前恢复得要快,而这都是在给哥哥闻过香薰后才发生的。那个老人说的是真的,根据深海鱼类研究出来的香薰,在哥哥床头持续散发芳香,的确对恢复身体机能有奇效。

于是,毕晓呈端着垃圾桶走出病房,坐在过道的长椅上。她拣起包装盒,小心地把外包装展开。这包装盒通体素白,连香薰的介绍都没有,仅在底部印刷了一行小字——"幽蓝潜水俱乐部"。

奇怪,明明是神奇香薰,怎么印的是潜水俱乐部的名字?

毕晓呈端详了半天,百思不得其解。就在这时,"噔噔噔"的脚步声响起,一胖一高两位警察匆匆赶来医院。见毕晓呈坐在长椅上,胖警察问:"哟,你怎么坐在外面?你哥怎么样了?"

"我哥哥好转啦,能说话了都!"毕晓呈说。

"太好了!我们也有个好消息,"胖警察说,"我们查到一些线索了,跟撞伤你哥的凶手有关。"

"啊?是谁?"毕晓呈一想起那辆闪电般驶来的汽车,就心有余悸。

"只是有了线索,锁定了范围,具体是谁还要深度调查。"高警察谨慎得多,字斟句酌地说,"只能说,你哥哥在国外念书时,交了一些不该交的朋友。"

胖警察还要继续补充,高警察却咳嗽了一声,说:"案情机密,而且涉外,等可以公开的时候再说吧。"说完,两人就进了病房,想直接询问哥哥,但哥哥在病床上陷入昏睡，他们等了许久也没等到哥哥醒来。

那天过后，哥哥就换了病房，安保工作也更严格了。病房外有警察轮岗值班，24小时不断。连爸妈来看望哥哥都要先做安检，再填一大堆表格才能进房间。至于毕晓呈，想守在哥哥身边就更难了。

她回到家里，既担忧又无聊，每一秒都过得十分煎熬。这时，她又想起了那个神秘老人给的香薰，在网上一搜，还真查到了"幽蓝潜水俱乐部"。

欧阳爷爷

03
奇怪的潜水俱乐部

七月中旬的宁波，天气就跟大海的脾气一样，一时三变，难以预测。明明前一个小时还艳阳高照，没过一会儿，风陡然变大，大颗的雨点也从海面被刮到这座美丽海滨城市的上空。

　　公交车在雨中晃晃悠悠，足足花了一个小时，才一路从市中心开到海边。毕晓呈坐在靠窗边的座位上，看着玻璃窗外的瓢泼大雨，心里还是有一点后悔。她并不是后悔没带伞出门，而是后悔自己真出来找那个什么潜水俱乐部了。

　　正想着，公交车到站，毕晓呈下车，站在公交站台茫然地四处张望。她在网上查了下俱乐部，没有查到地址，又去潜水论坛上发帖询问。她刚一发帖，立马跟上来许多回帖，都是问她要不要去考潜水证的。这些年，潜水俱乐部在宁波四处开花。毕晓呈每一条都有礼貌地回复了，说不考潜水证，只是要找幽蓝潜水俱乐部。那些回帖的账号便纷纷退却，就在她一筹莫展时，其中一个考证中介用犹豫的语气回复道："这个潜水俱乐部，我好像有印象。刚入行时我去问过，要不要跟我们中介签协议，我们帮他们招学员。结果那个老头子特别蹩，说不用，说他不教玩水的学员。"

一提到老头子,毕晓呈顿时想起那个来病房看望哥哥的神秘老爷爷。她连忙问中介,那个俱乐部在哪里。中介支支吾吾,毕晓呈也不傻,添加了他的联系方式,发过去一个红包。

中介这才说道:"是在北仑区港口博物馆附近见到的。"

港口博物馆……不正是哥哥工作的地方吗?

于是,毕晓呈就顺着线索找了过来。那中介给的地址语焉不详,她下公交车后,在雨中转悠,一直找到下午都一无所获。雨越下越大,她干脆躲进一家快餐店,一边嚼着汉堡,一边看向窗外不远处的巨大建筑顶部。

那就是宁波中国港口博物馆,整体修建成巨大的双海螺造型,此时大雨如注,它自岿然不动,像是牢牢镶嵌在滂沱世界里的两枚楔子。"四份汉堡那单,好了没?"一个外卖小哥推门进来,对前台问。

前台小妹吃力地从柜子后面提出一个外卖袋,说:"刚做好。那小孩真是能吃,四个汉堡,都加厚加肉,还多配了酱料。"

外卖小哥也叹了口气:"是啊,每次都点这么多,我拎得累死累活,才挣那么一点。不过也奇怪,这小孩胃口这么大,怎么还瘦得跟猴儿一样?"

"可能潜水比较耗能量吧，听说他们整天都待在水里。"

"也是，真是一群奇怪的小孩……"

说完，外卖小哥提着打包好的汉堡就出了门。他们提到的"潜水"让毕晓呈耳朵竖起，她本能地觉得那个"大胃王"应该跟自己要找的潜水俱乐部有关，便匆匆咽下最后一口汉堡，跟着外卖小哥一起出去了。

外卖小哥把外卖袋小心地挂在电瓶车后座的支架上，电门一扭，便在雨中穿行。幸好雨下得大，电瓶车骑不快，毕晓呈拼了命地跑才勉强跟得上他。左拐右拐，再一抬头，竟然到了港口博物馆的后门。

雨水倾盆，模糊了视线。毕晓呈远远望去，看到一条夹在两座建筑间的巷子。一个矮矮瘦瘦的少年正蹲在巷子口，撑着把伞，百无聊赖地看下落的雨点。外卖小哥一到，这个少年就欣喜地站起来，接过外卖袋就往里走。

毕晓呈连忙跑过去，喊道："哎，这位同学！"

少年站住，回头困惑地看着毕晓呈："你叫我？"

毕晓呈走到他面前，问："我想问一下，这里是幽蓝潜水俱乐部吗？"

"你要干吗？"

这个回答有明显的戒心。毕晓呈愣住了，眼珠一转，说："我来报名学潜水。"

"那你找错了，这里不是什么潜水俱乐部。"说完，少年准备走向巷子深处，发现毕晓呈没带雨伞，犹豫了几秒钟，走过去把伞递给她，"雨挺大的。"

毕晓呈却不接，说："你在骗我！"

"我没骗你，我们不招生。"

"那你这里到底是不是幽蓝潜水俱乐部？"

少年跟她对视了好几秒，叹一口气，说："你爱撑不撑。"他把伞放在毕晓呈的肩头，一松手，毕晓呈下意识接住伞柄。少年转过头，一头扎进雨幕，快步跑向巷子最里面。毕晓呈也不放弃，跟着进去。

"哎呀，你要是学潜水，哪里不可以学？这附近有十多家机构！"少年见她不屈不挠，就在屋檐下站住了，"跟着我干吗？"

毕晓呈决定说出实话："我哥哥跟这个俱乐部有点关系。"

少年站在她面前，比她矮一截，有点不自在，又要转身离开，边走边嘀咕："不可能……俱乐部哪会跟陌生人有联系……"

毕晓呈连忙拉住他。她的动作大了点，肩膀一甩，包掉到地上，身份证也甩了出来。少年叹口气，弯腰替她捡起来。

"咦，你叫毕晓呈？"少年拿着身份证，诧异地问。

"怎么了？"

"我认识一个人，跟你的名字好接近，但……应该是巧合吧。"少年摇摇头，就把身份证和背包还给她。

毕晓呈却心里一动，问："你说的人，是不是叫毕晓星？"

"你真的跟他有关系？"

"岂止有关系！他是我哥！"

"哗！"少年手中的外卖袋掉在地上，但他没有去捡，眼中放出异样的光来。

"你是学长的妹妹！"

"学长？"

少年看着毕晓呈的目光顿时尊敬起来，刚要说话，不料肚子里传来一阵"咕咕"声。

"这真的是一家潜水俱乐部吗？"毕晓呈没听到，着急地问。

少年把地上的外卖袋捡起来，问："我能吃了饭再说吗？"

晓呈说当然可以。少年就坐在俱乐部的门口，把外卖袋打开，大口吃起汉堡来。毕晓呈从没见过这么狼吞虎咽的吃饭方式。她本来不饿，但看着看着就有点嘴馋，于是把视线挪开。

少年吃完，抹掉嘴角的油渍，打了个饱嗝，不好意思地说："抱歉抱歉，我很容易肚子饿。潜水嘛，很消耗体力的。"

原来这个少年叫元龙，也是初三刚毕业，跟毕晓呈同岁同年级。他体格精瘦，个头稍矮，饭量却很大。此外，他还是幽蓝潜水俱乐部的少年组成员和网络维护志愿者。

"我能参观一下你们俱乐部吗？"毕晓呈问。

元龙犹豫了一下，点点头。穿过巷子，就到了幽蓝潜水俱乐部。毕晓呈随着元龙推门进去，大厅跟她想象中的潜水俱乐部差不多，有室内泳池，墙上挂着几排潜水装备。唯一不同的是，这里显得有点寒酸。

"咦？"毕晓呈问，"这里就是全部吗？"

元龙有些紧张，反问："你这句话是什么意思？"

毕晓呈把香薰包装盒掏出来，指着上面印的字，说："我是按照这个找过来的。"

包装盒上印着幽蓝潜水俱乐部的名字，元龙仔细看着，说："原来你见过欧阳爷爷了。"

"欧阳爷爷？"毕晓呈想起了在医院看望哥哥的神秘老人。

"他是我们这里的负责人，也是教官。"

毕晓呈顿时觉得好奇："这么大年纪了还教潜水吗？"

"潜水是别的老师教，欧阳爷爷教的是……"元龙吞吞吐吐，突然一咬牙说，"反正你是学长的妹妹，又跟欧阳爷爷见过面，来！我带你看看。"

他带着毕晓呈走向大厅侧面一个不起眼的小门。这扇门颜色灰白，几乎和墙融为一体，但元龙靠近后，门突然一阵震动。一束红光从门的中间靠上部位射出来，呈扁平的散射状，在元龙眼睛上扫描了一下，就又消失了。

"这是？"毕晓呈惊讶又好奇地问。

元龙说："虹膜识别。"

这扇怪门识别了元龙的虹膜后，既不以一边为轴转开，也不像电梯门那样朝两侧滑开，而是无声后退。

一条内壁光滑的甬道随之出现。

"跟我来。"元龙招呼道，把毕晓呈带到甬道尽头，再一转，指着里面偌大的空间，"这里才是我们的主要业务区。"

如果说刚才毕晓呈是惊讶，现在就完全是震惊了。

在看起来逼仄破旧的潜水培训俱乐部内部，又挖出了不下于一个购物广场的偌大空间。除了一个个门扉紧闭的小房间，大厅里摆着的，是大大小小的玻璃陈列柜。

毕晓呈走近陈列柜，发现里面其实没有实物，隔远看都是空的。但这里遍布感应器，察觉到她的靠近，玻璃柜内镶嵌的探头便射出光线，在柜里的空气中勾勒出栩栩如生的全息影像——这种精度的全息影像，是晓呈平常没见过的新科技。

晓呈还没来得及感慨这先进的技术，就被柜子里的影像吸走了注意力。里面展示的影像，都是些奇怪的事物，有稀有动物的化石，还有锈迹斑斑的兵器，以及她叫不上名字的金属铸件和木制品，这些东西都显然被精细扫描过，惟妙惟肖。

在每个陈列柜的全息影像下，都飘浮着一行文字，对物品影像做了说明。

"菊瓣纹金制祭杖 2013年'刑天Ⅰ号'沉船出水。"

"东海巨蟒头腹 2009年'小蓝瑚Ⅰ号'沉船出水。"

"楚城一号陨石 2015'云江口Ⅱ号'古船出水。"

……

几乎每个陈列柜里标注出处的全息文字中，都有"出水"二字。毕晓呈看了一会儿，也明白过来，问："这些东西，都是从水里来的？"

"准确地说，是从海里来的。"

"什么意思？"

"意思就是，我们是从海底的沉船里，发掘出它们的。"

晓呈又凑近看了几眼，确定是全息影像，而不是实物，说:"可这些都是假的啊。"

"也不能说是假的……"元龙皱皱眉,解释说,"这都是根据出水实物扫描而成的,还用了最新的全息技术,比照片和视频都要清楚多了。"

"那也不是真的嘛。"

元龙的脸微微一红,又立刻昂起头说:"你想得太轻松啦。要是真的出水文物,得放在专门的研究场所。这些影像图案的原件,可都关乎一个个大秘密。"

"秘密?"毕晓呈疑惑道。

元龙指着离他最近的展览柜。这里面的全息探头更多,以复杂的光线勾勒出一颗硕大的蛇类头颅,颅骨和獠牙清晰可见,正缓缓旋转。毕晓呈顺着他的手指看过去,正好跟蛇眼对视,这一刻,一股子阴寒爬上她的脊背。

她后退了一步,声音都有点发颤,说:"这是什么?这蛇的头好大。"

"这是蟒。"元龙指着说明文字,"而且还不是一般的蟒蛇。它的来头可大了,两百年前有渔民在一场海战中见过,它身形庞大,被渔民误认为龙,后来又传言是什么东海巨妖。它的相关传说你在网上可以查到很多。但其实,它是一条被基因编辑过的巨蟒,而且加强了身体机能,是很珍贵和罕见的物种。"

毕晓呈听得很认真。她明知道这条蟒蛇已经死了,只剩下头颅和一部分颈腹,而且还是以全息影像的方式出现的,但还是不敢直视它。除了对蛇类生物天生的恐惧,更重要的是,这条蟒蛇的确很大。

这颗蛇头,比三个成年人的脑袋绑在一起还要大。

"这种蟒蛇,上海动物园里都没有……电视里也从没见过。如果是真的,应该是重大发现呀。"

元龙点头说:"当然是真的。这就是在海里发现的。"

"两百年前有基因编辑技术吗?"

"当然没有。研究所里的叔叔们也很困惑,但这条两百年前就死去了的生物身上,的确有基因编辑的痕迹。"

毕晓呈愣了:"那这……"

"所以才要继续研究,暂时不打算对外公布。"元龙拍拍手说:"这只是一个例子啦,就像你见到的,这里是一个水下考古的数字陈列馆,而且只是一部分。"

毕晓呈慢慢消化他话里的意思——按照元龙说的,这个幽蓝潜水俱乐部,其实是一个有国家背景的水下考古中心。这里表面是在做潜水培训,培养未来的水下考古人才,真正的任务,却是协助国家水下科考队伍从海里发掘文物,进行相关研究。海底沉船跟陆上古墓一样,都受国家保护,禁止私人发掘。而且,海里的打捞也比墓葬考古更艰难,

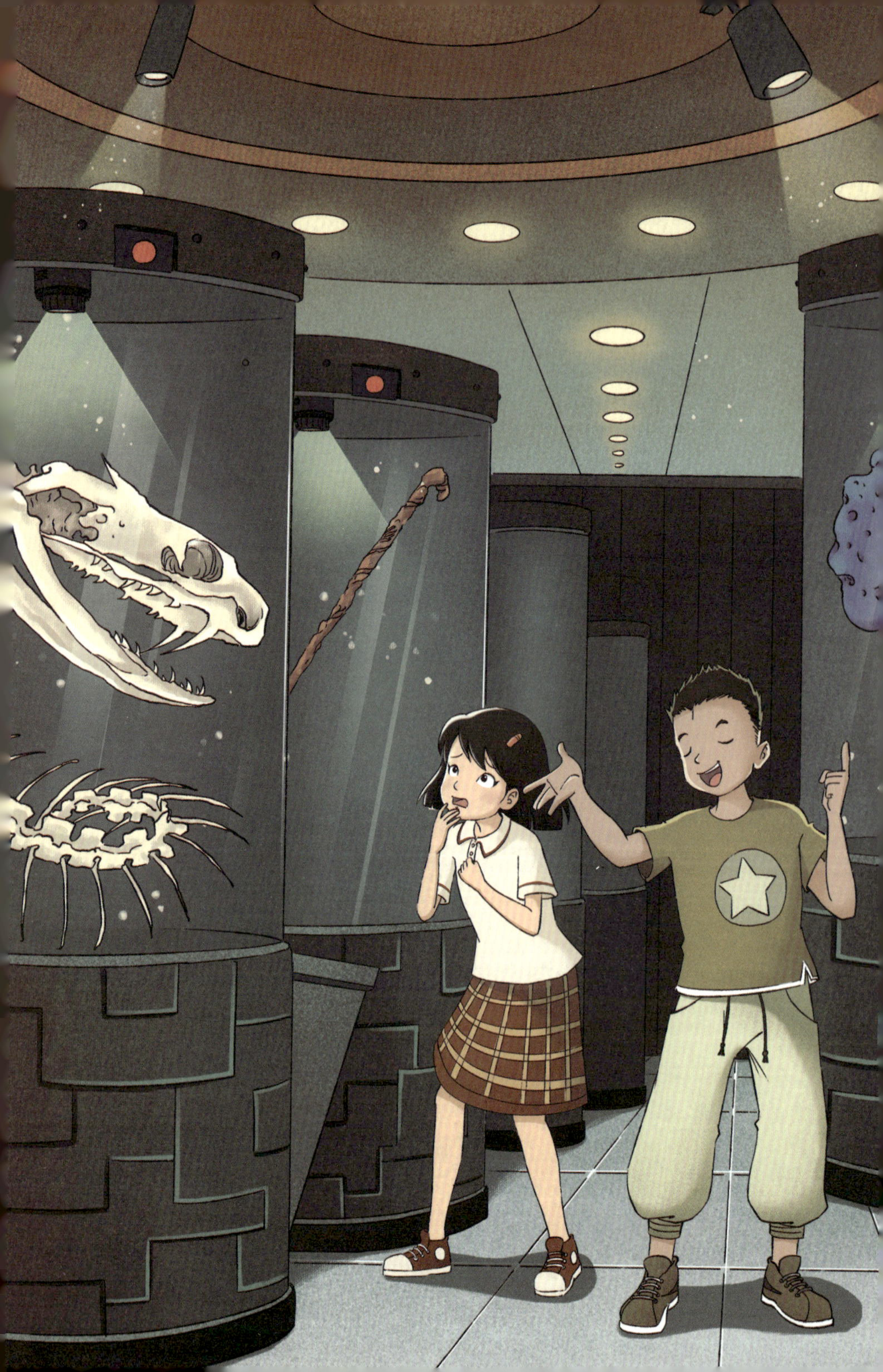

必须由专业的人来实施。

"既然是国家支持，为什么要用潜水俱乐部的名头啊？"毕晓呈问。

"就跟749局一样……你听说过749局吗？"

毕晓呈摇摇头。

"那神盾局呢？"

毕晓呈"噢"了一声，兴奋道："我知道！复仇者联盟！那些超级英雄们的秘密组织！"

"我们跟749局和神盾局的性质差不多，由国家在背后出人力和资金，进行海洋研究。深海里的未解之谜，往往涉及超自然的东西，就像这颗蛇头，你说把它放到黑市上去拍卖，得卖多高的价！还有更多人在觊觎海洋里的宝藏，为避人耳目，只能用一个幌子啦。"

毕晓呈一听，兴趣更大，眼睛都睁圆了。"哇！"她感慨道，"好厉害，我还以为电视里那些都是编出来的呢。"

"神盾局应该是编出来的，但749局，还有我们，都是真实存在的。"元龙的语气变得更得意了。

"对了，"毕晓呈想了下，又问道，"我记得旁边的港口博物馆也有水下考古部门，你们跟他们有关系吗？"

"我们算是兄弟部门吧，只不过一个在明一个在暗。"元龙指了指头顶，"方便展出和公布的，就由港口博物馆出面；还需要再研究的，就放到这里。"

毕晓呈见他说得煞有介事，也信了几分。她想起此行的目的，又问："那这里跟我哥哥有什么关系呢？"

"毕晓星学长啊，他就是我们的研究员呀，也是幽蓝潜水俱乐部有史以来成绩最好的学员，是我的偶像呢！"

难怪他听到哥哥的名字会那么惊讶。毕晓呈正想着，刚要问治疗哥哥的香薰是怎么回事，这时，头顶传来脚步声。"糟了，是教练他们！"元龙连忙把毕晓呈拉出陈列室。外面的潜水训练池果然来了好几个成年人和小孩，正在做热身。一个教练模样的人还跟元龙打招呼。

"你看我们这里也不全是考古，潜水培训也是重要的项目。"元龙向毕晓呈解释说。

毕晓呈问："那你什么时候方便，可以多跟我讲讲我哥哥的事情吗？"

元龙为难地摇摇头："我知道的也不多……不过有一个办法，可以帮你找到更多消息。"

"什么办法！"

"报名学潜水。咳咳，你哥哥这么厉害，你潜水肯定也不差。我在这里可无聊啦，你来了，还能多一个人陪我说说话。"

毕晓呈犹豫了很久，才说："那我得问问我爸妈。"

04
潜水惊魂

当毕晓呈犹犹豫豫地跟父母说起想要去学潜水后，令她诧异的事情发生了——父母竟然都支持。

"是去学潜水呀，每天都得出门呢。"她向爸爸补充。

爸爸不以为意："没问题的。"

她又跟妈妈强调："学费也不便宜的。"

"这也才几千嘛。"妈妈斩钉截铁，"别说几千，就算上万，妈妈也给你掏了！"

毕晓呈得到学费和随意出门的许可后，先是一阵惊喜。她原本以为会用到自己一直攒下来的压岁钱，但没过一会儿，她突然明白过来：爸妈之所以这么轻易地让她出门去学潜水，唯一的原因，是不想让她在家里待着。

他们支开自己，恐怕是为了更方便地协商离婚吧。

可是哥哥都伤成这样了……当初哥哥躺在病房里，毕晓呈看到爸爸妈妈都围到病床边，脸上满是关切，他们还相拥而泣。那一刻，是这个暑假他们难得的亲近，她还以为能借这个契机，让父母的嫌隙得以消弭。

显然，他们的问题并没有解决。

她不禁叹了口气。

"你怎么一副不开心的样子？"报名的时候，元龙问她。

"你不懂。"毕晓呈又叹了口气，"大人的事情，很复杂。"

元龙顿时不服气了："你又不比我大多少！不对，我们同龄呀，都是初三毕业。"

"我不是说我是大人，我说我爸妈。"

元龙顿时明白了，沉默许久，说："唉，那还是趁我们长大之前，做一些让自己开心的事情吧，比如——潜水！"

"潜水会让你快乐吗？"

"那当然！每次我在水里，就跟飞起来一样！"

毕晓呈撇撇嘴："我也游泳，哪有这么快乐？"

"在游泳池里，跟在海洋里，太不一样了。"

毕晓呈点点头，用力一甩头，把那些丝丝缕缕的烦愁心事都甩出脑海。两人说着，走到俱乐部的收银台前，缴费报名。教练告诉她，她已满十五岁，可以考潜水证。

不过一旦开始学习，毕晓呈才知道潜水的复杂和难度。她原以为潜水就是背个氧气瓶，重力大过浮力，就可以一直往水里沉下去，但在学完理论课后，她才知道自己错得多离谱。

潜水是一项专业性很强的运动，为了安全，不仅要学习潜水理论,还要反复练习技术动作,熟悉呼吸管、残压计等必备的潜水装备,正常情况下,还得有潜伴陪着才能下水。

之后的一周多,毕晓呈就天天待在俱乐部里。她报的是开放水域,在室内训练过后,要去近海潜水才能拿到证。小时候哥哥经常带她去游泳馆,她游泳的底子还在,水性极佳,在水里简直如鱼摇曳,闭气时间也比普通人久很多。

"哇,你也是天才啊,这么快就掌握了中性浮力!"元龙看着她一项项打破纪录的成绩,惊掉了下巴。

"不就是依靠呼吸时,胸腔的放大和缩小来控制上下浮动么?"毕晓呈其实也很得意,但还是克制住了,"多练几遍就会了呀。"

元龙啧啧称奇:"这可是学潜水最难的地方!我当时练习了好久都没掌握呢。晓星学长已经是传奇人物了,没想到他妹妹也这么厉害!难道这就是基因优势吗?"

"你'中二'漫画看多了。"毕晓呈朝他撇撇嘴。

其实在暗地里,毕晓呈也一直在找游泳馆练习。另外,她还发现一个规律——哥哥外套里的泪滴状吊坠,似乎对她潜水和游泳很有帮助。有几次,她没戴吊坠,在水里就显得笨拙;而只要戴上,海水就轻得如同空气,她挥臂蹬腿都格外流畅,一点阻力都没有。

刚开始她以为是自己感觉错了,但戴和不戴吊坠,在水里的体感差异实在是大。好几次都这样之后,她就不再怀疑,而是每次都会戴上吊坠。就算要穿潜水服,她也会小心地让吊坠贴在胸口。

可能是哥哥在给自己力量吧……她想。

说起来,在这里学潜水对哥哥的伤势还有帮助。

因为她来学习的第二天,就碰到了欧阳爷爷。

欧阳爷爷在俱乐部里地位很高,人人都尊敬他。他看起来还是那副仙风道骨的样子,慈眉善目,笑眯眯地欢迎毕晓呈。

"您上次给我哥哥的香薰很管用,"毕晓呈诚心向他道谢,"他很快就好转了。"

"那就好。"

"您还有这种香薰吗?"毕晓呈有点不好意思,但为了哥哥的病情,还是厚着脸皮说:"虽然他好转了,但还没有完全醒过来。"

欧阳爷爷叹息一声,说:"我知道,我正要为这个出一趟门。"

毕晓呈低头一看,才发现欧阳爷爷脚边有一个鼓鼓囊囊的行李箱。"您要去哪里?"她问。

"用来治疗你哥哥的香薰,最早也是在一艘沉船里发现的。后来我们逆向研究，获得了这种奇药的配方，其中最关键的原料，是一种深海怪鱼。我们库里没有这种材料了，要熬制的话，我得再去深海里抓鱼。"欧阳爷爷解释说。

说完，两人又寒暄了几句，就匆匆分别。

看着欧阳爷爷高瘦的背影从门口离开，毕晓呈心里有点发堵。

元龙见了，安慰她说："你是担心欧阳爷爷吗？没事的，他是潜水老手，下潜最深的纪录就是他打破的。他出马，肯定能抓到那种怪鱼。"

毕晓呈点了点头，又揉揉发酸的鼻子说："但他年纪这么大了，还亲自出马，太辛苦了……"

"这倒是。"元龙用力拍拍她的肩膀，"所以你加紧考证呀。拿到潜水证，我就引荐你加入我们小分队。学长可是咱幽蓝潜水队的明星队员，你肯定也不会差多少。"

虽然知道这是元龙在安慰她，但毕晓呈还是振奋了不少。哥哥一直是她的榜样，能追随哥哥的步伐，了解哥哥在这里发生的一切，是她现在最大的心愿。

而且，说不定考上潜水证之后，还真能跟欧阳爷爷一起下海去看看呢。

接下来，毕晓呈学得特别认真。没多久，她就迎来了第一次开放水域练习。

所谓开放水域，就是北仑的一个近海海滩，人比较少，但设施齐全，很适合新手下潜。

毕晓呈跟三四个学员一起，乘小船来到离岸十几米的地方，教练叮嘱他们一些注意事项后说："玩得开心，安全第一！"

晓呈穿好装备，纵身一跃，和潜伴一起没入海中。

一下水，夏日的燥热便荡然无存，隔着潜水服，她皮肤上也流淌着冰凉的触感。这就是海洋的力量。她伸展四肢，均匀地从呼吸器里吞吐氧气，摆动蛙鞋，缓缓朝水下游去。

这片海域的水质很好，清澈无比，可见度很高。毕晓呈在一片淡蓝色中游弋着。她终于明白了元龙的那句话——海洋跟泳池是不一样的。就像鸟笼与天空的区别，飞鸟在笼中连张开翅膀都显得局促，而在天空却能恣意地振翅飞翔。

现在，毕晓呈就如同第一次见到整片蔚蓝天空的飞鸟，每一次展翅都更加喜悦。

她先在浅水区游了一会儿，头顶光晕流转，脚下则一片碧蓝。她调整姿势，向更深处划去。 群鱼游过她身边，她第一次看到不怕人的鱼，有些好奇，就伸手去抓。

鱼群灵活地分成两路，绕开她，又汇成一丛，优哉游哉地游进一大片漂浮的海草中。

"真好看。"毕晓呈在心里赞叹。

她的好奇心被鱼勾起，顿时忘了教练说的这次下水不能超过十米，身子一摆，跟着鱼群下潜。

阳光在她背后远去，一整个海底世界张开了怀抱欢迎着她。

她陶醉于海中景色，没留意到自己手腕上的深度计正在一格一格地变化。

十米，十一米……十四米。

十五米！

她胸口那块贴肤的吊坠，微微放光。

一股暖流袭来，让她的身子晃了晃。是暗流吗？她嘀咕着。教练说过，潜水时一定要小心水流暗涌，被卷进去就麻烦了。但今天风平浪静，按理说不该有暗流啊？

毕晓呈使劲摆动脚蹼，稳住身体，想看看其他人有没有事，但一抬头，她才发现不仅潜伴不在身边，那三四个伙伴也全部不见踪影，四周空空荡荡。而且，头顶原本晃荡的阳光早已消失，整片大海呈现出一种神秘的幽蓝色。

像是谁把墨水倒进海里，给大海染了颜色。毕晓呈心里冒出这样一个奇怪的比喻。

"你们在哪？"她按了下耳机的开关，问，"好像变天了，是不是该上去了？"

无人回答。她再问几遍，耳机里依然是一片沉默。恐惧感似乎随着海水渗进了皮肤，她不再犹豫，两脚连摆，迅速上浮。

哗！水面破开，她把头露了出来。

然而，她只看到一片阴郁的天空，乌云盖顶，暗得如同傍晚。一道闪电蹿出云层，从很低的地方掠过，把整个世界照亮。

这绝不是她潜水之前的世界！

毕晓呈有点茫然，把潜水镜摘掉，使劲揉了揉眼睛，向岸边看去。她记得岸边停靠着一艘船，船后面是巨大的港口博物馆和宁波城区。

但现在，海边空空荡荡。

毕晓呈突然打了个寒颤，两手快划，向岸边游去。

"不要去岸上，"耳边响起一阵声音，"要下海，去海底。"

如果说浮出海面看到的景象让她惊讶，这耳畔的声响，就无疑是种惊吓了。毕晓呈浑身一哆嗦，又深呼吸几次，嘀咕道："是幻听了吗？"

"不是，是我在说话。"

"是谁？！"

"想知道的话，就别往前游。"

毕晓呈又环视一圈，确定周围一个人都没有，说："那我还是不要知道算了。"

沉默几秒后，那声音又说："岸上更危险。"

"不可能，岸上总比海里安全。"刚说完，毕晓呈就看到海岸边，有一片很宽广的发光丛林，大树招展，藤蔓延伸。这景象，怎么看都不像是地球上的自然风貌。"不可能不可能，看来我不仅幻听，还幻视了。"她这么安慰自己，继续往前扑腾。

"人类真是奇怪，总是喜欢自我欺骗。"

"不是自我欺骗，是相信直觉，"毕晓呈说，"世界上哪有发光的树嘛……"

话音未落，岸边那发光丛林的景象又泛起一阵绮丽波光，如水中泡影，倏忽破碎。毕晓呈一愣，踩着水，远远眺望。破碎的光影中，突然又腾起火焰，席卷了全部视野。火光中，似乎有几个黑色的螃蟹状机器，伸着机械臂，杀气腾腾，大肆破坏。

这场景让毕晓呈脸色惨白。

耳畔的声音突然有点悲伤，说："这就是我们的命运吗？……"

"什么？"毕晓呈下意识地问。

"命运和时间，是一对纠缠的量子，不能观测，也不能预测。"那声音停顿了一下，又劝道："回海里去吧！"

"可是，海里很危险……"

"海洋是一切生命的源头。放心，她会包容你的。"

这句话说得温柔且低沉，有一种令人无法抗拒的力量。毕晓呈踩着水，头露在水面上，犹豫着。

"我不能糊里糊涂地就去做别人让我做的事，"毕晓呈冷静下来说，"你至少给我一个相信你的理由。"

几秒后，那个声音说道："我住在你的吊坠里。"

吊坠？那是哥哥留下的。

毕晓呈搓了搓脖子上的潜水服，露出白金色细链，把吊坠扯出来，放到耳边。果然，那声音变得清晰了："现在该相信我了吧。"

"我不是相信你，我是相信我哥哥。"

说完，毕晓呈咬了咬牙，戴好潜水眼镜，咬紧呼吸器，重新潜回海里。

海底也变了。

幽蓝的水中，海草疯长，鱼群也更密集。许多鱼都是毕晓呈从未见过的。

"继续往下，"耳畔的声音说，"你会见到更多奇迹。"

毕晓呈犹疑地往下看，这时水里的可见度已经变得很低，只能看到一片深邃的幽暗。她慢慢往下潜，没入无边无际的深色海洋里。

"到底要去哪里？"毕晓呈心里犯怵，"太黑了，我下去什么都看不到啊。"

"相信我，再往下。"

毕晓呈又下潜七八米，视野逐渐被漆黑遮蔽，什么都看不见了。游着游着，黑暗里有什么东西从她身边掠过，卷起水流。她吓得牙齿打战，但吊坠里传来的声音一直鼓励她，她便越潜越深。

"我快不——"毕晓呈打算放弃，但话刚说了一半就停下了。

因为她看到了光。

刚开始只是零星的一点蓝色光亮，在几米外绽放，只有指头大小；随后越来越多，各种颜色，包围住了她。

这些光到底是怎么回事？是发光的海洋生物吗？

她正在犹豫，耳边的声音又响起："终于，我回来了。"

光亮向毕晓呈围过来。这下她看清了，光并不是鱼类发出来的，也不像浮藻，仿佛……就是海水在发光。

"西西，我们终于团聚了。"

"我们一直在等你。"

"欢迎回家。"

……

明明在水里，毕晓呈耳边却清晰地听到一连串声音。音色都不相同，明显是许多人说出来的。但她周围的的确确空无一人，只有这些环绕的光点。

她用手去扒，光点便轻盈地游开。

在这一瞬间，深海的幽闭荡然无存，她只感觉瑰丽得如同在梦中。

那一连串絮语还在继续。听起来，都是在问候一个叫西西的人。

毕晓呈连忙解释说："你们可能认错了，我不是西西，我叫毕晓呈，我住在宁波……"

话还没说完，吊坠又发出熟悉的声音："他们没有叫你。西西是我的名字，这些都是我的族人，我们是波光族。"

它的声音竟有些哽咽，毕晓呈一愣。其他的声音又纷纷在耳边响起，有热络的，有关切的，也有悲伤的。毕晓呈听了一会儿，大概听明白是怎么回事了——

这群光点，是海里的某个种族，有智慧，能交流，在海底生活的时间长达数万年。但大概两百年前，它们遇到一场变故，族群死伤惨重，连首领西西也流落在外。这是这么长时间以来，西西第一次回来。

"回来？"毕晓呈逐渐接受了这个只有在电视剧里才会出现的设定，好奇地用手在水里摆荡，"这些水就是你们的家吗？"

"你再往下看。"西西说。

密集的光点散开，露出毕晓呈身下的水域。向下望去，一座依海沟绵延的城市已经浮现。

说是"城市"，其实只是给人相似的感觉。因为毕晓呈并没有看到高楼或街道，但那些生长在海中的发光大树、连缀成桥梁的明亮藻带，还有一丛丛堪比楼房的巨型珊瑚树，以及珊瑚枝上挂着的透明茧……这一切，看着都像是某种生活痕迹。

毕晓呈正要往下游，手表突然报警，亮起了红灯。

糟糕，是氧气不够了！按照教练的嘱咐，氧气不足时要立刻返回水面，一秒都不能停留！但毕晓呈还是迟疑了，问："那你要回家吗？"

"还是走吧，"出乎她意料，西西选择了拒绝，"我被困在吊坠里，没有钥匙，解不开的。"

"钥匙在哪里呢？"

"在一个坏人手里。"

毕晓呈还想再问，但呼吸已经明显有些不畅了，她便赶紧往上游。游到水下十五米的时候，那股暖流再次席卷全身。她心里一动，感觉可能发生了什么事情。等她从水面露出头，果然，外面已经不再是刚才那幅危险、蛮荒的阴郁景象了，而是阳光照耀，一条船横在不远处，教练正焦急地四处环顾。

教练转了一圈，看到毕晓呈露出头来，眼睛顿时瞪圆，跳下水来把她捞上船。

毕晓呈坐在坚实的甲板上，总算心安，但还没喘几口气，就看到教练和元龙，还有其他学员都关切地围了过来。

教练的表情已经从焦急变成了生气，说："叫你只下水十分钟，怎么这么不听话？！"

"我……"毕晓呈缓过劲来，没理会教练的责骂，连忙把刚才经历的事情说出来。

教练当然不信，不仅骂得更厉害，还提前结束了当天的潜水训练。

毕晓呈一头雾水地回家，在公交车上时，还试图跟吊坠说话。但吊坠一直沉默着，倒是其他乘客见她低头自言自语，都躲得远远的。

到了晚上，她洗漱完躺下了，依然没有听到西西的声音，便自己安慰自己说："应该是幻觉吧……听说潜水时压力大，又黑，很多人都会产生幻觉，看到奇怪的东西……是的是的，就是幻觉，怎么可能潜个水就遇到奇幻的景象，还见到水底文明呢……"

这样反复给自己洗脑，毕晓呈渐渐也就信了，把海底的见闻抛之脑后。睡意渐渐涌上来，她闭上眼睛，迷迷糊糊地正要进入梦乡。

就在这时，她耳边再次响起熟悉的声音："毕晓呈。"

毕晓呈一个激灵，睡意全消。

"你还在！"她说。

西西说："只是离开了深水，我有点虚弱。"

"你一直住在水里吗？"毕晓呈问，"那怎么会被困在吊坠里呢？"

"小蓝……"西西的声音又变弱了。

毕晓呈没听清，又问了一遍。但西西的回答实在微弱，她把吊坠凑到耳边，才勉强听到西西说的那三个字。

"小蓝瑚。"

05
"小蓝瑚"之谜

作为宁波人，毕晓呈当然知道"小蓝瑚"。

位于北仑区靠海的宁波中国港口博物馆，除了进行日常展览，加深市民对港口和航海历史的了解，还有一个很重要的任务——水下沉船的修复与研究。其中，"小蓝瑚Ⅰ号"沉船，就是博物馆参与的重大发现。之前还有电视台拍了纪录片，专门记录"小蓝瑚Ⅰ号"被发掘的前因后果，内容涉及专业的水下考古调研方法，在网上能搜到。毕晓呈这几天在俱乐部里学潜水，她从元龙这里了解到，哥哥之前在博物馆的工作，就是参与"小蓝瑚Ⅰ号"的修复。她记得几个月前哥哥很兴奋，白天工作，晚上还在家整理表格。

但"小蓝瑚Ⅰ号"是一艘清代的沉船，怎么会跟西西扯上关系呢？

等等，她又想起来——前一阵在幽蓝潜水俱乐部里，元龙给他展示过那些从海底发掘出的奇珍异物，其中那颗东海巨蟒的蛇头，就有"小蓝瑚Ⅰ号"的说明文字。

毕晓呈连忙给元龙打电话，不料元龙正在参加编程竞赛，没空细答。毕晓呈这才知道，元龙除了热爱潜水，在电脑方面也很有天赋，还帮忙维护过博物馆的网站。

"那祝你竞赛顺利，"毕晓呈说，"得奖了要请我喝奶茶呀。"

"肯定没问题！"元龙在电话里说。

既然元龙没空解释，毕晓呈便带着疑问，又来到了港口博物馆。

暑假是参观中国港口博物馆的热门时期，不少游客在大厅里穿行，人们说着各地方言，跟随导游在琳琅满目的展品间驻足。

毕晓呈很理解人们对这里的好奇。

生命最早就是在海洋里孕育的，所有的陆生物种在进化之前，都生存在海洋中，其中当然也包括人类。如今的人类能借助科技建造超大城市，居住在钢筋和混凝土构筑的建筑物里，但身体里占比最多的，依然是水。

巧合的是，人类生活的星球——地球，也跟人体一样。陆地约占地表面积的29%，超过70%的地表依然被水覆盖。

人类对水有一种天生的好奇以及畏惧。因为水孕育生命，也能摧毁生命。毕晓呈有时候会胡思乱想，觉得这是水对于人类背叛和远离它的惩罚——人类的原始生命最早在海洋里孕育，从温暖的海水里得到营养，得以进化，之后又不断地演化，成为陆地生物，从此人类就失去了能在水里呼吸的能力。海洋成了回不去的故乡,每年都有无数人溺死。

而船舶,是人类与海洋之间重修于好的标志。

自古以来,各大洲就靠船舶与港口连接,人类文明的繁盛也离不开船只。参观形形色色的船只模型和残骸,不仅是了解历史,更是尊重文明。

不过毕晓呈的主要目的是去了解"小蓝瑚Ⅰ号",恰好最近又有"小蓝瑚Ⅰ号"的专题展,于是她直奔目的地。

这个展厅人也不少,还有一些金发碧眼的外国游客,在导游的陪同讲解下,看得专心致志。毕晓呈也加入其中,先看展示屏幕,里面有对整个"小蓝瑚Ⅰ号"的发掘记录;又在一排展品之间流连,每一个精致的陶瓷、铁器下面都有详细介绍。

她看得很认真,在每一个展品前都驻足良久。她周围的游客大都是走马观花,人群换了一茬接一茬,只有她和一个中年男人在很认真地欣赏。她在这个展厅泡了一整个上午,那个男人也一直在。

刚开始毕晓呈并没有在意,直到两人同时去看一个青花瓷碗时,肩膀撞在了一起。

毕晓呈连忙道歉,错开身体,又去看瓷碗。

"小姑娘，你也对'小蓝瑚Ⅰ号'感兴趣啊？"中年男人问。

毕晓呈正看得入迷，点头说："是啊。"

"难得。"

之后男人就没再说话了。毕晓呈也以为只是普通的搭话，便继续浏览展品。等她转了一圈走回来，发现他还站在"小蓝瑚Ⅰ号"沉船的等比缩小模型前，神情专注。

她打量这个男人，发现他衣着考究，虽然只是休闲的夏日便装，衣服的logo也不显眼，但一看就知道都是价格不菲的大牌。这男人的侧脸轮廓分明，形象帅气，再细看，能看到他眼珠带一点蓝色但五官具有亚裔的特征，这抹蓝色让他看起来像是混血。

这次轮到毕晓呈惊讶了："大叔，你怎么还在这里？"

大叔收回目光，抬起手腕上的暗金色手表，笑道："哎呀，都下午了。那的确有点久了。"

正好毕晓呈也要去继续练潜水，便跟他一同出了博物馆。七月艳阳骤然袭来。宁波夏季的阳光炽热得晃眼。毕晓呈早就习惯了这种明晃晃的阳光，大步走出去，一回头，发现那个大叔站在博物馆出口的阴影里，皱着眉。

"你怎么不走呀？"毕晓呈好奇地问。

大叔说："我怕太阳。"

"太阳有什么好怕的呀？"毕晓呈细看，发现这大叔的脸色十分苍白，还有他的手臂，几乎看不到血色。她有点担忧，但还没说话，耳边就听到了汽车刹车声。

毕晓呈的耳朵竖起来，眉头也跟着紧皱。自从哥哥出车祸以来，她对刹车声就很敏感。

好在汽车在他们不远处便停下了，车门被推开，戴白手套的司机刚下车，就撑开一柄黑伞。

"嘿！你看，这么一个大男人，走路还打太阳伞。"毕晓呈见了，"噗嗤"一笑。

大叔"嗯"了一声。

司机左右环顾，看到出口处站着的两人，快步走过来。"老板，"他低声对站在毕晓呈身旁的大叔说，语气很是恭敬，"抱歉我来晚了。"说完，就把伞撑到了大叔头顶。

毕晓呈顿时有些尴尬，连忙佯装着左顾右盼。

大叔却转过头，很认真地说："我身体不太好，被太阳照射会有严重的皮肤反应。让你见笑了。"

毕晓呈连忙摆手。

大叔咳嗽一声，司机见状立刻掏出洁净的手帕递给他。咳完后，他冲毕晓呈点点头，便走向那辆来接他的小轿车。司机紧紧跟着他，硕大的黑布伞面将阳光遮挡得严严实实，让他完全行走在盛夏的浓黑阴影中。

直到那辆车消失在街角，毕晓呈才收回目光，准备去隔壁的幽蓝潜水俱乐部。

"哎呀，可找到你了！"身后传来熟悉的声音，一回头，见到元龙跑了过来。

"你不是在参加竞赛吗？"

"早结束啦，我是宁波青少年组第一名！"元龙说话的时候，不自觉挺胸扬眉，一副得意的样子。

毕晓呈由衷地祝贺他，说："那你应该庆功呀，找我干吗？"说着，她又想到昨天潜水遇到的怪事，上船后被教练骂了一通，当时元龙就在一旁，可丢脸了，晓呈现在有点不好意思见到他。

元龙这才想起正事，连忙收起脸上的得意，说："快，欧阳爷爷找你。"

"他回来了吗？！"毕晓呈惊喜地说。

"嗯。"

两人连忙绕过博物馆，来到潜水俱乐部，一进去，果然见到了高高瘦瘦的欧阳爷爷。他依旧穿着长褂，面带和蔼的微笑，对毕晓呈说："好久没见了，小姑娘。"

"是啊，一个星期也好久了。"明明是很寻常的问候，但毕晓呈不知道为什么鼻子一酸，又说："您有找到那种深海鱼吗？"

"我运气比较好，或者说，大海知道我对它的虔诚，回馈了我。"欧阳爷爷一笑，掏出一个包装盒，里面正是能治疗哥哥的香薰，"我出海的第四天就找到了那种深海鱼，当时海沟里有一个鱼群，在漆黑的深海里放光。我估摸着晓星的用药量，就只抓了三条，也够了。喏，这就是用那三条深海鱼的鱼油制成的香薰，你拿去给你哥哥。"

"真的吗？"毕晓呈眼睛一亮，但还是迟疑了一下，"医生说他还要休养很久。"

"医生的话当然有道理，但大海，也有她自己的力量。"

毕晓呈细细揣摩这句话，又看着欧阳爷爷苍老但深邃的眼睛，点点头，把神奇香薰的包装盒小心地放进背包里。

欧阳爷爷又说："除了这个，还有一件事。"顿了顿，他注视着毕晓呈，缓缓道："我听说，你在水底看到了幻象？"

毕晓呈一惊，下意识地看向一旁的元龙。

元龙点点头。

"你不要惊讶。你看到的景象，在别人听来可能是天方夜谭，但对我们而言，"欧阳爷爷的语气变得严肃，"都是很珍贵的资料。"

毕晓呈想了想，眼睛一亮："那，我们交换！"

欧阳爷爷皱起眉头。

元龙也拉了拉毕晓呈的袖子，小声说："晓呈……"

不料，下一秒欧阳爷爷就笑了："你想换什么？"

"我想知道这个潜水俱乐部的真相。"

神秘的甬道再次打开，欧阳爷爷带着毕晓呈走进一片幽暗中。

灯亮了，一排排通过全息影像技术被展示出来的水下文物图像纤毫毕现。欧阳爷爷从中走过，像走在绵延悠久的历史中，即使每天在这里工作，但每一次见到展品的全息影像，他依然会激动得手微微颤抖。

"这些是我毕生心血的结晶，"欧阳爷爷说，"我年轻时候就迷上了水，可以说，我这一辈子都在跟水打交道。如果我哪天去世，我希望能葬在海洋里，成为大海的一部分。"

毕晓呈肃然起敬。

"水里面的秘密太多了，古往今来，海洋里藏了许许多多的宝藏。水下考古跟田野考古不一样，要在水里挖掘秘密，条件非常苛刻，毕竟人在水里闭气的时间还是很短的，大多数人不到一分钟，更长的纪录是十几分钟。近一百年来，潜水面罩和水下呼吸器相继面世，我们才终于有机会揭开大海的面纱。"说到这里,欧阳爷爷微微一笑,"说起来,我还是首批申请将水下考古引入中国的发起人之一,那是在上个世纪八十年代。"

元龙也是第一次听欧阳爷爷讲起这些,感慨道:"难怪您也是我们俱乐部的负责人。"

"我们俱乐部,其实另有任务。"欧阳爷爷说。

他带着毕晓呈和元龙,继续往里走,边走边说:"晓呈,元龙带你进来过吧?"

"嗯,但只看了刚刚那些展品。"

欧阳爷爷指着对面的一排小屋门说:"这里面有人上班。他们所研究的,才是我们俱乐部的重点工作。刚才忘了跟你解释,水下考古正式引进国内才不到四十年,我们俱乐部以前只是一些渔民自发成立的组织。后来,国家统一管辖水下考古,这个组织就有了正式的背景,成为保密级别很高的部门。"

毕晓呈来了精神,问:"那些渔民最初成立这个组织是为了什么?"

"东海,乃至全世界所有的海洋,总是诞生不少传说。渔民在海里讨生活,总能见到一些奇怪的现象,百慕大呀,骷髅岛呀,我们东海的巨蟒之类……以前人们科学素养不高,就会往神神鬼鬼的方面去想。近代以来,民智启发,大家开始系统性地去归纳和分析海里的事物。但海洋实在是博大，有很多事情即使到了现在也没法用科学解释。"

"就像那条据说被基因编辑过的巨蟒吗？"

"是的，那也是一个未解之谜。除此之外，还有其他海怪、海底文明、消失了多年又突然出现的古船……太多了，每一项发现都能改变人类对现有世界的认知，所以，这个组织一直是秘密行动。到了新世纪，有了政府支持，组织日益规范化。"

毕晓呈看见欧阳爷爷打开几扇门，里面的确有一些戴着厚厚眼镜的研究员。他们身前的桌子上，摆着不少先进仪器，还有一些古船木制成的、造型奇特的物品。

"好神秘呀。"的确像欧阳爷爷说得那样，毕晓呈感觉自己走进了一个新世界。

元龙显然也来得少，他看起来比毕晓呈更好奇。"这就是我的梦想！"他喃喃地说，"我以后也想来这里工作！"

"这些研究会公布吗？"毕晓呈问。

欧阳爷爷摸着下巴，说："也看情况。我们的研究成果，有很多还不能对外，一来我们自己还没有弄清楚原理，二来，担心贸然公布会引起一些无法预料的后果。总之，你就理解为，这里是一个秘密进行水下考古发掘的官方组织。"

"你们太厉害了!"毕晓呈掏出欧阳爷爷给自己的香薰,"这种能治疗我哥哥伤势的香薰,外面很多大医院都没有。"

"是啊,得益于海洋的馈赠,我们组织内的科技水平的确领先组织外面一截。我这次去海里抓鱼的设备,社会面上目前也没有。"

毕晓呈想起西西告诉她的话,心里一动,小心翼翼地问:"那'小蓝瑚Ⅰ号'上,是不是也有很多秘密?"

欧阳爷爷点点头:"是的,而且'小蓝瑚Ⅰ号'还跟你哥哥有点关系。"

原来,很早以前毕晓星就是幽蓝潜水俱乐部的小会员了。那时候他还在宁波上高中,就报名参加潜水培训。他天资聪颖,水性极好,又对水下考古有浓厚兴趣。欧阳爷爷跟他一见如故,不仅亲自教他潜水的技巧,还把幽蓝潜水俱乐部的秘密告诉了他。

也就是从那时候起,哥哥悄然改变了以后的志向。

他原本打算按照父母的预期,学习财务或者新媒体专业,毕业了进写字楼上班。终其一生在电脑前度过,钢筋水泥的丛林就是整个世界。

这条路没什么问题,安全、稳定,是大多数人的选择。

直到初窥大海的秘密，发现世界之广阔远超写字楼，他便笃定地改变想法，报考海洋科学专业。大学毕业后，他又去国外深造，继续学水下考古。可以说，他的人生轨迹，与欧阳爷爷息息相关。

　　"我也一直很好奇，他为什么要去国外深造。"

　　"这本来也是一个常规的人才培养路线，但我当时也有不解。不过，你哥哥说，他要去国外找回'小蓝瑚'的失物。"

　　"失物？"

　　欧阳爷爷皱着眉头，说："我不知道详情。但我记得，他高中毕业时来我们这里实习，就一直在观摩我们对'小蓝瑚'的修复和研究。他很着迷，着迷得有点过了头。"

　　这才是毕晓呈最感兴趣的部分。她继续往下追问，才知道原来"小蓝瑚Ⅰ号"的发掘很神秘，2008年开始发掘，直到现在，考古研究和文物保护工作仍在持续进行中。许多在海底沉睡百年的历史细节仍在逐一放出。显然，哥哥、西西和波光族之间产生了某种联系。

　　按照欧阳爷爷的说法，哥哥在参与"小蓝瑚"的文物工作后，他的态度就产生了变化，不仅改变求学方向，还远赴海外深造。

　　"他应该是发现了什么，"欧阳爷爷说，"我也在等他醒过来，告诉我真相。"

"他很快就会醒来的。"毕晓呈攥紧了手中的香薰。

欧阳爷爷看着她，目光深邃，说："那你现在可以告诉我，你在海里见到什么了吗？"

毕晓呈犹豫了一下，就将昨天的见闻和盘托出。欧阳爷爷皱着眉头，越听神色越严肃，最后叹息一声，说："我早该想到的。"

"想到什么？"

"海底文明。"

这个词让整个甬道里都如同吹过一阵凉风。毕晓呈下意识地抱着肩膀，说："西西肯定是海底生命，但是，还能更详细点吗？"

"我也需要去查验一些资料，现在还不好下定论。"欧阳爷爷的目光在两个少年之间游走，"但很显然，人类文明的确不是这颗星球上唯一的文明。"

06
镇海王

毕晓呈上午逛博物馆，下午听欧阳爷爷说"小蓝瑚"秘事，晚上赶到医院给哥哥床头插上香薰，一天安排得满满当当，一点空闲也没有，脑袋都是晕晕的。直到回家躺在床上，她才把整个来龙去脉厘清个大概。

看来，一切的关键，都要等哥哥醒来后才能弄清楚了。

"咦，等等，其实西西也知道！"

不过西西在吊坠中沉睡，任凭她怎么呼唤也没有回应。她盘腿坐在床上，揉着太阳穴，不停地告诫自己："毕晓呈毕晓呈，开动你的脑筋，想一想怎样才可以叫醒西西。"

过了一分钟，她脑子里空空如也。

"你可以的，毕晓呈，一定要靠你自己。"她默念道。

又过了一分钟，她决定给元龙打电话。

"额，你再给我说说你是怎么听到西西声音的。"元龙也睡得晚，听了她的求助之后，思忖着说。

毕晓呈又把遇到波光族海底城的事整个说了一遍。

"等等，你说潜下水十五米之后，就突然听到了声音？"元龙说："会不会跟这个有关？"

"我觉得有道理哎。"

但现在是晚上，要下水十五米不太可能。"我明天再试试吧，"毕晓呈有点兴奋，"让西西再跟我说话，我就可以了解事情的真相。"

元龙顿了顿，提醒她："明天俱乐部好像要闭馆。"

"啊？为什么？"

"说是有人入侵，被察觉到了。俱乐部和港口博物馆的领导都比较紧张，要连续闭馆一个星期。"

毕晓呈一听来了兴趣，仔细打听，原来是今天他们离开之后，工作人员也下班了，幽寂的港口博物馆和整个幽蓝潜水俱乐部里本应该空无一人，但警报系统被触发，摄像头拍下了一张模糊的剪影。

元龙说："幸好安检系统是最高规格的，嘿嘿，我可是参与了其中的编程的。"

毕晓呈握着电话，八卦之心熊熊燃烧，问："这种事多吗？是有人试图闯入？"

"不太多，毕竟我们是保密单位嘛。"

"不太多的意思，就是以前曾发生过吗？"

元龙噎了一下，说："好吧，瞒不过你。我也是之前查记录才发现的，这么多年来，总有人要把我们当敌人。"

"我们做水下考古，又没有得罪谁，怎么会有敌人？"

"你想得太简单啦，世界是很复杂的。水下考古虽然的确是为了历史和文化,但终归有人会把它跟财富联系到一起。你想啊,水里那么多文物,要是流入黑市,可都值钱着呢!更别说我们馆藏了蛇头啊、祭祀权杖啊等等,这些可都是无价之宝。"

毕晓呈点点头。不过这只是一个小插曲,有人要潜入俱乐部里偷盗,有保安去管,跟她无关。她又把话题拉回到吊坠上,说:"那既然俱乐部不开,我没装备入水,岂不是一个星期都没办法听到西西的秘密了?"说着叹了口气:"不过也没关系,说不定哥哥很快就会醒过来,他自己告诉我也行。"

"但是你很好奇,只想赶紧知道是不是?"元龙笑着问。

"额……好吧,我确实好奇。"

元龙说:"我很理解这种好奇。我们是一样的,一旦对一件事产生了好奇心,就会想立刻知道到底是怎么回事。我加入俱乐部,就是这个原因。"

"是啊,好奇得抓心挠肝。"

元龙仔细想了想,说:"你看,你下水之后刚开始时没听到西西的声音,过了十五米才听到。你说,十四米和十五米之间,到底有什么区别呢?"

毕晓呈也不笨,听他这一启发,脑子里突然亮堂,像是卧室里的灯照到了她的脑海。"压强！是压强有了变化！"她提高声音说。

"嗯，我猜也是。海里面越深，水压越大，这是最可能对吊坠造成变化的环境因素。"

毕晓呈又低声说："但我找不到可以下潜十五米深的水池，知道也是白瞎。"

"一看你就不做饭！"

毕晓呈不明白他为什么突然提这个，一脸懵地问："不做饭怎么了？"

"因为，如果你做饭的话，就会知道——高压锅是可以增加水的压强的！"

毕晓呈从床上一跃而起，跑进厨房，在电压力锅里盛了水，再把吊坠放进去，然后插上电源，按下煮饭键。没多久，锅里就产生了蒸汽，蒸汽在锅里拥挤着，又出不去，对锅壁和水都产生了压强。水的沸点提高，到110摄氏度才煮开，又继续生成蒸汽……

毕晓呈守着高压锅，但一直没有听到西西的声音。等了一会儿，她打开高压锅，用筷子把吊坠夹起来，放在冷水里降温。

"唉，好像没用。"她叹了口气。

的确，一直到现在，毕晓呈都没有看到西西有一丝说话的迹象。她也不好意思再打扰元龙，就等吊坠冷却后，将它挂在脖子上。

"你很聪明，"吊坠一贴紧皮肤，熟悉的声音便再次响起，"人类小姑娘。"

"果然有用！"毕晓呈捂住胸口的吊坠，喜笑颜开。

"我被困在这个吊坠里，只有在压强产生变化时，才能短暂地苏醒一会儿。现在压强恢复正常了，我只能保持几分钟的清醒。"

"你可以告诉我，我哥哥——他叫毕晓星，这个吊坠就是他的——他跟你们有什么渊源吗？"

"哦，我记得他，一个很温和善良的人类年轻人。"

"你果然认识他！那你可以帮帮我吗？他现在出了车祸，在医院里。我想知道你的过去，这可能有助于他的恢复。"

"这个故事很长，如果用人类的语言，短时间内说不完。"吊坠里，水波晃动，西西的声音与水的晃动形成了某种共振，"但是我可以展示给你看。"

毕晓呈还没有反应过来，胸口就变得格外冰凉，似乎有一股寒气入侵血管。下一瞬间，她僵住了，眼前全黑。

黑色逐渐消失。

毕晓呈浮在空中。四周不是她熟悉的厨房，而是澄澈的海水、海草、珊瑚和高高低低的海底裂缝与丘陵。她也不再是十五岁的人类女孩，她变成了……一滴水？

是的，海中的一滴水。

这感觉难以形容。她低头，看不见自己——甚至连"低头"这个动作，也只是她的感受。她透明、无形，在海里自在穿梭。她没有身躯，只有视角，能同时看到四面八方的视角。

真神奇……她心里想着，随即意识到，这难道就是西西的化身？

多半就是了。西西躺在吊坠的水滴空间里，是一滴晃来晃去的水。那么，整个波光族，说不定也都是以水的形态存在的。按照毕晓呈看科幻小说的经验，这种生物有别于固态的人类，是一种液态生命。

想清楚了这一点，毕晓呈不再困惑，继续往前游。她是海水中的水，游动起来没有任何阻力，鱼群也不怕她，她甚至能混进一大群鲱鱼中，上下摇曳，十分快乐。

这样在海里嬉戏遨游，不知过了多久，她靠近海面，突然被一串奇怪的讯号吸引了。

"滴滴，滴滴……"

像是她灵魂里的回音，又如海妖的歌声，引诱她浮上海面。

"哗啦",一个水桶舀住她,跟被触发的陷阱似的,将她吊出海面。她离开了广阔大海,成了狭小水桶里的一小滴水。

一个人类的脑袋凑上来,凝视水面,视线落在她身上。

毕晓呈这才想起,西西虽然是水滴,但它的族人在水里微微放光。人类肉眼是可以见到的。

"终于找到你了,"这个头发花白的老人哆哆嗦嗦地说,可能因为激动,嘴唇都在发颤,"他说的没错,海底的确有神奇的生灵。"

他?毕晓呈心想,这个"他"是谁?

但她是在西西的视角里,体验西西的经历,没有办法开口询问。西西在这水桶里遨游,出于烂漫天性,它并没有觉得害怕,反而感到很新奇。

老人用手捧起西西和一汪水,倒入一个水晶窄口瓶里。

老人生活在海上,住在一条破烂的渔船上,生活窘迫,瓮中无米面,每天只吃一点鱼干。他没有家人,没有朋友,终日在海上游荡。他唯一做的事情,就是对着装有西西的水晶瓶祈祷。

"求求你,求求你,带我见识一下你的家乡。"老人匍匐在地,头发上沾满灰尘,嘴里喃喃有声。

刚开始，西西并不搭理他。它依旧在水晶瓶里游曳，又过了很久，它终于开始无聊起来。相比碧蓝大海，这小小的水晶瓶就是个牢笼。

毕晓呈都能感觉到，西西的游动明显焦躁了不少，一种虚弱感也弥漫出来。不在高压的海底，西西的精神逐渐涣散。

"你可以放我回海里吗？"有一天，西西终于向这个老人开口。

老人欣喜若狂，连声说："当然可以！"

"谢谢你，你是好人。"

"但是，"老人结结巴巴地说，"作为条件，你可以带我去看看你们的世界吗？"

"为什么？"

"这是我的心愿。能看一眼，我死了也值。"

西西又问："但我们在海底的事情，无人知晓。波光族与人类一直保持着界限。"

"有人告诉我了。"

"是谁？"

"我的……孙子。"

西西突然想起那一阵吸引自己来到水面的声音，问："那一阵信号声，是怎么发出来的？那好像是我们波光族的

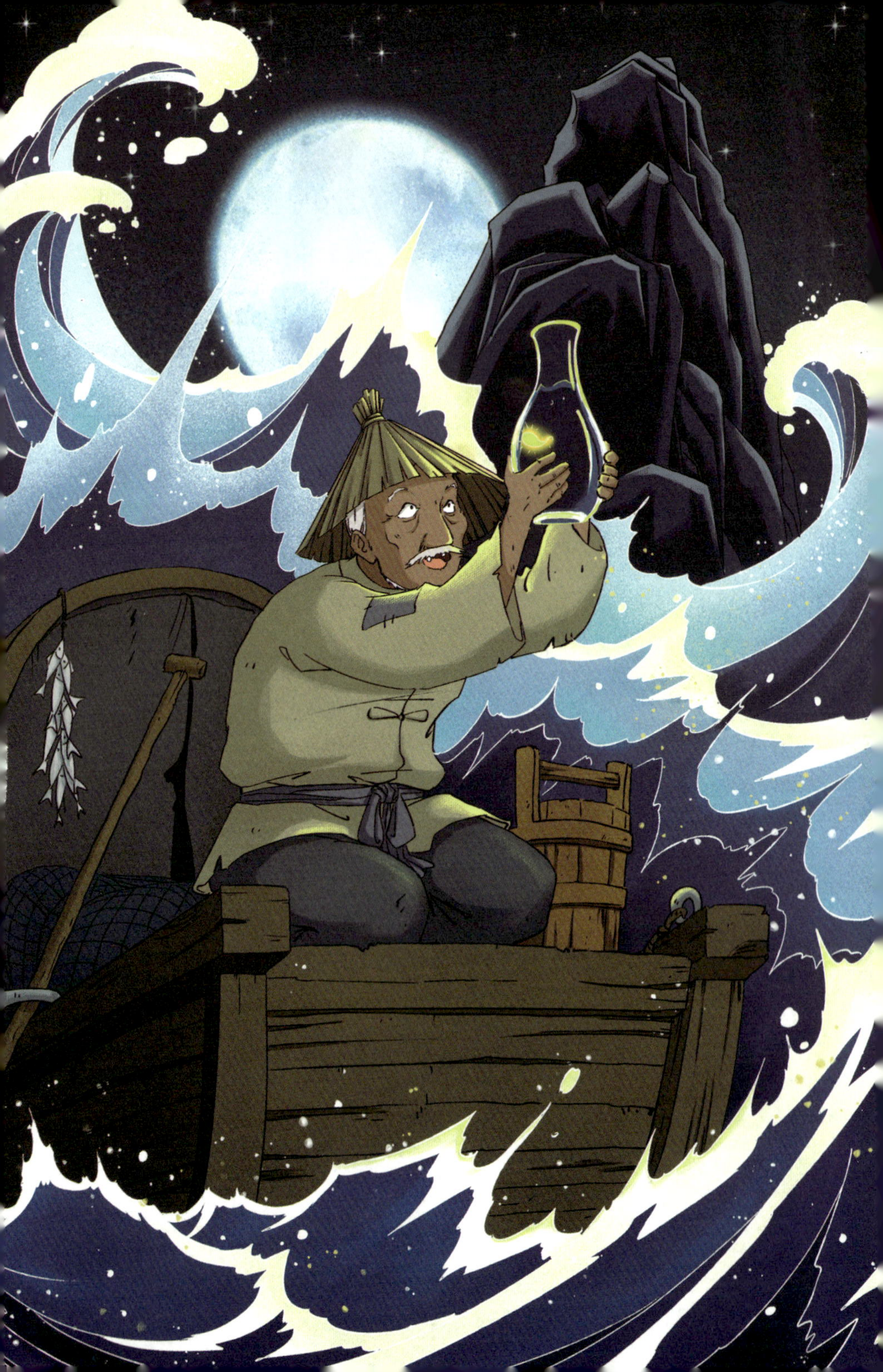

特定频率。"

老人掏出一个金属圆盒，银白色，锃光瓦亮，与这破旧的渔船船舱显得格格不入。"就是这个，他走之前给我的，说这是跟波光族联络的讯……讯什么来着，我记不住了，过了好多年了都……就像信鸽吧，我想。"

"你孙子很奇怪。这个讯号发射器，并不属于现在的时代。他现在在哪里？我想问问他。"

"他，死了。"

西西顿时有点伤感，眼前这个老人太可怜了。

"那我答应你。"

"你不会反悔吧？"老人抬起头，花白的头发下，一双眼睛渐渐放出光来。

"我们种族，没有反悔这种习惯。"

老人这才放心，将西西放回大海。而作为回报，西西一直吸附在老人的鼻子边，给他提供氧气，让他随着自己一起下潜。

四周再度变为海洋环境。西西带着老人一路去往波光城，这一路上，毕晓呈在西西的视角里，体验着全新的风景，颇有兴致。她还留意到，去往波光城的路上，还有几座山，延绵起伏，如果不是浸泡在海中，活脱脱就是旅游名山。

沧海桑田，就是这个意思吧，她想。

等到了波光城，老人被视为最尊贵的客人，无数光点围绕在他周围，与他交谈。他在恢弘的海底城市里行走，每一幢建筑、每一项科技都让他赞不绝口。

有波光族人问老人的名字，老人含蓄地说："老朽姓蔡，蔡千。"

当时，西西还以为这是人类和波光族建立友谊的开端。数万年来，波光族深居海底，与世无争，一直小心地与人类保持界限。但蔡千的到来，让他们觉得人类非常虔诚和好奇——对一个文明来说，这是非常加分的两种特质。

直到……蔡千要告辞离开，让西西护送他回到海面。结果刚一上岸，蔡千就又用手舀住了西西，而他的衣服里，还藏着从波光城偷来的珍宝。

画面一转，毕晓呈又回到了厨房。

她看了下时间，晚上九点整。她刚刚这一趟神游，只花了三分多钟。但真奇怪，从西西在海底遨游，到遇到那个神秘老人蔡千，再到西西被偷窃珍宝的蔡千诱拐的经历，她完全能在脑中回忆起来。

短短三分钟，仿佛度过了数年。

这里面的信息量，她要消化许久才能吸收。她脑内嗡嗡作响，下意识地问："后来呢？"

"后来我就沉睡了。过了两百年，再醒来时我就在这个吊坠里，我听到的第一个声音，就来自你的哥哥。"

到这里，西西已耗尽这次从高压锅里获得的活力，又进入了沉睡。虽然毕晓呈可以再将它唤醒，但她在刚刚的视角里体验过西西的感受，沉睡又苏醒，那滋味其实很不好受。

"还是过几天再叫它吧。"她琢磨着，回到床上。

睡意又慢慢袭来。毕晓呈进入了梦乡，显然刚刚的经历已经深深地留在了她的脑海中，使她做梦也离不开。

她又看到了那个老人。

在梦里，老人不再佝偻萎靡，而是一副奸计得逞的模样。他花白的头发变回乌黑，身躯站直，竟然十分高大。而且，他的面孔还有点熟悉……

毕晓呈从梦中惊醒，大口喘气。

她再也睡不着了，一遍遍回忆梦中的场景和刚刚体验到的一切。那种熟悉感很奇怪，若有若无，但就是找不到原因。

而且，蔡千这个名字……

她一下从床上爬起来，坐到电脑前，搜索蔡千这个人。

姓蔡名千，并不是什么罕见的人物，网上资料一大堆。毕晓呈刷了好几个网站后，都没什么有用的信息，想了想，那个老人好像一直住在船上，便又增加了"渔民"这个词去搜索。

她按下回车键。

这一按不得了，所有的线索都集中指向同一个蔡千。毕晓呈眼睛都瞪圆了，原来，蔡千在历史上赫赫有名。

他是现实版的海盗之王。

蔡千，生于1761年，死于1809年，卒年48岁，可以说是壮年而亡。

他小时候就失去了父母，独自在海边讨生活。在那个年代，许多人的命运都是这样。运气好的话，作为一个普通的渔民，清贫地生活至终老；运气不好，则随时都可能葬身海底。

蔡千走的路线不一样。他厌倦了在各个港口和渔船上劳作的生活，更让他受不了的，是辛苦劳作也填不饱肚子。于是，在三十三岁那一年，他因饥饿而下海为寇，过上了打劫渔船的日子。

他积累了不少钱财，但并没有就此满足。他开始招兵买马。

凭借一身勇武，再加上心狠手辣和诡计多端，蔡千在海上的势力越来越大，越来越多的人追随他。在他还不到四十岁时，就已坐拥一百多艘战舰，其余船只更是不计其数，他手下有上万人马，在福建、浙江和广东一带活动。

所有的行商船只，都要向蔡千"进贡"，不然根本无法在海上安全行驶。

蔡千甚至自号"镇海王"，沿海一带，人人谈之色变。

当海盗毕竟违法，而且他性格喜怒无常，经常因为微不足道的事情就打打杀杀，罪孽深重，天怒人怨。等到1802年之后，朝廷派兵围剿，大大小小的海战蔡千打了数百场，之后，他被围困在台州渔山，寡不敌众，开炮炸了自己的战船。

这样一代海上枭雄，最终落得"与妻小及部众两百五十余人沉海而死"的下场。

看着最后这句话，毕晓陷入了沉思。

如果这些记载为真，蔡千应该在四十八岁那年就死了，还是个中年人，怎么后来还活到老年，去诱骗西西并偷取波光族的珍宝？

难道说，在1809年的海战中，蔡千并没有死？可就算他趁乱逃生，为什么会知道波光族的秘密？还有，他手里那个用来吸引西西的讯号发射器——这一看就不是十九世纪初期的产物，又是怎么来的呢？

太多谜团了。

毕晓呈感到千头万绪，百思不得其解，索性回到床上，倒头就睡。

老年蔡千

07
再遇凶徒

元龙说的果然没错，前一天有人试图闯入，俱乐部和港口博物馆都十分紧张，进入了保密的检修状态。整整一周，俱乐部都没开放，学员无法进去学潜水。

毕晓呈到了门口，也只能失望而回。

好不容易有点正事做了，现在又学不了。实在无聊，她干脆给元龙打电话，约他去逛街。

"啊？"元龙有点惊讶，"逛……逛街？"

"对啊，女孩子们逛街，很好打发时间的。"

元龙犹豫道："可我是个宅男，还是待在家打游戏更适合我。"

"你就陪陪我嘛，太无聊啦。"

元龙只得同意。

他们约好在老外滩附近的商场见面。毕晓呈买了两杯奶茶，一人一杯，边喝边逛。

其实他们也没有买什么东西，主要是聊天。毕晓呈把昨天的发现都分享给了元龙，元龙很感兴趣，说："我知道蔡千这个人。我们浙江这边，以前就受蔡千的荼毒。"

"是啊，他号称'镇海王'，也是公认的海盗王。你们男孩是不是都崇拜这种人啊？"

元龙摇头说："我才不呢！蔡千是坏人，我真正崇拜的海盗王，名叫路飞！"

这时他们走到了电影院这一层，前面贴着的海报正好有刚上映的电影。毕晓呈打算请元龙看电影。

"别别别，还是我请！"元龙连忙说，"奶茶还是你请的呢！"

毕晓呈刚要说话，眼角一瞥，看到一个穿着黑色T恤的男人正好从自动扶梯那儿下去。

这本来只是匆匆一瞥，人来人往的商场里，到处都是穿着黑色T恤的人。毕晓呈也没多想，转过身，突然身子一僵！

是他！

她见过这个黑衣男！就在哥哥被撞的那一天，黑衣男从那辆黑色汽车上下来，把哥哥的行李箱提走了。当时她处于震惊中，被吓得大脑一片空白，但过了这么多天，细节慢慢涌现，再次见到黑衣男侧影的一瞬间，她就记起来了！

"你怎么了？"元龙看到毕晓呈手中的奶茶杯都在颤抖，她的脸色也在一瞬间变得惨白。

"快、快报警。"毕晓呈低声说。

"你别开这个玩笑……"

"我看到撞我哥哥的罪犯了。"

元龙二话没说,掏出手机按110。电话已在呼叫中,他才说:"哪儿呢?"

毕晓呈指着商场的自动扶梯,说:"刚刚看他下去的。我肯定没看错。"

是的,虽然那个高瘦的男人只是一闪而过,但他脸上那块枝形的伤疤,毕晓呈是绝不可能看错的。只是商场太热闹,扶梯口人来人往,就这么几秒工夫,那个黑衣男就从人群里消失了。

"不能让他跑了!"毕晓呈放下奶茶,咬牙说。

"但既然是犯罪分子,肯定很危险,我们在这里等警——哎,你等等!"

元龙话还没说完,毕晓呈就迈着小步子跑向了扶梯。她伸着脖子往下看,刚好看到黑衣男到了商场一层,挤出人群,正跟同伴一起往右拐。

决不能再让他跑了!毕晓呈心中只有这一个念头。

她冲到扶梯上,嘴里念着"借过借过",在扶梯上的男男女女中穿梭。但等她到了一层,黑衣男的身影又消失了。她左顾右盼,幸好眼尖,在地下车库的入口处看到了那一闪而过的黑衣男。

去车库？别想跑！

毕晓呈来不及多想，拔腿跑了过去。

在她身后，元龙正跟电话另一头的警察报案，刚说着，一抬头，就看不到毕晓呈了。

毕晓呈在楼道里疾奔，到了负一层，探头望出去，没有那两人的影子。

她连忙又下一层。楼道幽黑，耳边回荡着她急切的脚步声。她到了负二层。商场的车位很充足，一般负一层都停不满，负二层的车就更少了。但她依然没有看到黑衣男的身影。

难道，在负三层？

她看着通向地下更深处的曲折楼梯，终于有了一丝犹豫。头顶明明是热闹喧哗的商场，但两层停车场，就隔出了一个完全不同的世界。她只犹豫了不到三秒，又立刻探步往下，去往几乎没人会停车的地下三层。

这里不仅人少，连楼道的灯都疏于维护，一闪一闪的。

毕晓呈的影子铺在台阶上，被折成诡异的十几段。

拐过两个弯，前面就是两扇铁门。毕晓呈把右边的门推开，小心地朝停车场望去。这地下三层格外空旷，到处是承重柱，只有零星三四辆车停着，而且车门紧锁，想必车主们都去楼上了。

"小妹妹,"离毕晓呈最近的一根承重柱后传来声音,"你在找我吗?"

毕晓呈悚然一惊,向右看去。

承重柱后面转出两个人影,正是黑衣男和他的同伴。他们眯着眼睛,嘴角带笑,用不怀好意的目光打量着毕晓呈。

原来他们早就发现自己了……毕晓呈一边暗骂自己太鲁莽,一边脑筋飞速转动。她后退一小步,说:"没有啊,我……我在等我爸妈过来,他们在这里停车。"

黑衣男嘿嘿一笑:"那你怎么不坐电梯下来呀?"

他的同伴也说:"这里是地下三层,谁会停在这里?"

两道目光汇聚在毕晓呈身上,压迫感极大。但毕晓呈的性格是越急反应越快,眼睛反而睁得更大,说:"我家每次都把车停在这里的,空间大,好停车。"毕晓呈又指着角落里的摄像头,说:"而且到处都有摄像头,比较方便照看。"

两个男人的神色果然微微起了变化。黑衣男警惕地瞟了一眼摄像头,侧过身,他的同伴也掏出帽子戴上。

毕晓呈见他们怕了,悬着的心也放下来一些,但她也不敢久待,迈步就往左边的停车通道里走去。

两个男人站在她身后，没有跟上来。

毕晓呈刚要松口气，身后突然响起黑衣男的声音："毕晓呈？"

"啊？"毕晓呈条件反射般转身，随后才意识到不对，她挠挠头说："咦，你在喊谁？这没其他人呀？"

"别装了。"黑衣男说，"难怪我觉得眼熟。你就是毕晓星的妹妹吧？那天，我见过你。"

一听他提起哥哥，毕晓呈的眼圈顿时红了。她也不管现在的情况是不是危急，咬着牙说："是你们撞的？是不是！"

黑衣男咧嘴一笑，说："他现在怎么样？当时撞得可不轻吧？"

毕晓呈听见自己牙齿打颤的咯咯声，但这并非出于恐惧，而是愤怒。她指着黑衣男说："你！你们是跑不了的！这里有监控，警察会将你们绳之以法！"

黑衣男反而靠近了一步，笑容更盛，说："我在街上都敢撞人，现在这里一个人都没有，你说，我会怕你的话吗？"

同伴也走了过来。

灯光在他们身后拉拽出了长长的影子，交叉着，像阴影组成的剪刀，缓缓向毕晓呈合拢。

"毕晓呈毕晓呈！"

楼道里突然响起元龙的喊声。

两个男人同时变了脸色，警惕地看过去。毕晓呈不用回头也知道是元龙找过来了，她却并不惊喜，反而更担忧了——元龙毕竟也只是初中生，就算来帮她，也不可能是两个成年男性的对手。

果然，当元龙从楼道口现出身影时，两个坏人的神情都放松了不少。

"怎么了？"元龙走到毕晓呈身边。

"快！"毕晓呈说完，便转身往楼道口跑。

元龙听到那个"快"字，却向坏人们冲了过去。

毕晓呈刹住脚步，大急道："你干吗？！"话音未落，她呆住了。

因为元龙跟这两个人搏斗，竟然不落下风。他个头虽小，但力气大，又灵活，他先撞黑衣男的腰，又抱住另一个坏人的腿，使劲一扳，将坏人摔倒在地。

"不愧是潜水健将！"她心里感慨，随即又意识到现在不是欣赏的时候，也冲过去要帮忙。

黑衣男看到同伴被一个小男孩制住，又惊又怒，刚要扑过来，他的同伴喊道："抢她的吊坠！这个才要紧！"

于是，他们俩一个来抓毕晓呈，一个跟元龙纠缠。元龙红着眼嗷了一嗓子，更拼了。情况本来就复杂，这时，又有纷乱的脚步声从楼道里响起；同时，停车场里传来汽车驶来的声音，一时间，这负三层乱成了一锅粥。

毕晓呈躲着黑衣男，跑到楼道口，看到里面走来的人正是高警察和胖警察，连忙叫道："在这里在这里！"

元龙刚被另一个人摔倒在地按住脖子，仰着头，他看到一辆轿车驶过来，像是来商场停车的顾客，也惊喜地放声喊："救命啊救命啊！"

这突发的情况明显对黑衣男他们不利，两人对视一眼，又看了眼驶来的汽车，一声不吭地一齐扭头就跑。

警察来到毕晓呈身旁。胖警察扶住她，说："你没事吧？"高警察铁青着脸，一边联络请求增援警力，一边向逃跑的两个人追去。

那辆汽车也停了下来，后排车门打开，走出一个穿衬衫的中年大叔。"这里发生什么了？"他皱着眉问道，转过脸看到毕晓呈，更惊讶了，"是你？"

毕晓呈也愣住了——太巧了，这个大叔正是前几天她在博物馆看"小蓝瑚"资料时遇见的那位。

毕晓呈被带到警察局做笔录，她把商场里发生的事情都告诉了胖警察。元龙跟她一起，而那个从车里下来的大叔，虽然只是路过，但见到了冲突，也被叫到警局协助调查。

等一切弄完，高警察也回来了。他脸色通红，一看就心情糟糕。果然，他生气地捶了下桌子，说："那两个家伙，跑太快了！我们没跟上！"

毕晓呈的目光黯淡下来。

高警察的声音变低，说："对不起……"

胖警察补充道："他们肯定跑不了。太嚣张了！我们马上排查、布网，现在技术发达，不会给犯罪分子逃跑机会的！只是时间问题而已！"

毕晓呈点点头，感激地说："辛苦你们了！"

做完笔录，毕晓呈要等父母来接才能离开，便坐在等候室里。她正百无聊赖的时候，那位中年大叔也配合完成了调查协助，正路过门口。

他看了眼低头闷坐的毕晓呈，想了想，走进来说："我刚刚听警察说到你的名字了。"

"嗯？"

"你叫毕晓呈？"

毕晓呈仰着脸，有点茫然地点点头。

"那你认识一个叫毕晓星的人吗？"

毕晓呈连忙站起来说："那是我哥！你认识他吗？"

"我还以为在车库碰到你就已经够巧了,原来还有更巧的事情。"大叔笑了,说:"是的,我认识你哥。在美国的时候,他是我的实习生。"

见毕晓呈一脸诧异,大叔赶紧做了自我介绍。原来他叫查尔斯,是海外华侨,常年居住在美国,开了一家贸易公司。毕晓呈哥哥在美国念书期间,曾在查尔斯的公司实习,虽然只有短短半年,但因实习期间表现特别优秀,查尔斯还主动提出让哥哥转为公司正式职员,打算好好培养他。但哥哥毕业后一心想回国,查尔斯只能忍痛放行。他跟哥哥在工作中建立了友谊,还说如果回国路过宁波,要让哥哥做东请他吃饭。

"我这次正好来中国出差,要在宁波待几天。我过来前就给你哥哥发了消息,但他一直没有回我。"查尔斯疑惑地问:"是发生了什么事情吗?"

毕晓呈一听他问这个,眼圈顿时红了。

"哎呀,你别哭。"查尔斯连忙掏出手帕,递给她,"到底怎么了?"

毕晓呈就把哥哥出车祸的事情跟查尔斯说了,连带着说了今天在商场发生的事。

查尔斯认真地听着,不时点头。听到哥哥被撞时,他脸色铁青,呼吸中都透着愤怒;听到毕晓呈被两个坏人堵在停车场负三层时，又一脸担忧，最后松了口气说："那幸好我和警察同时到了现场，歹徒见到我们，知道肯定不能逞凶了，才匆匆逃跑。"

毕晓呈点点头。她也知道自己运气好，才没有被两个坏人抢走吊坠，但又觉得可惜——那明明是抓到他们的最好机会。

"对了，"查尔斯又问，"我记得你哥哥为人和善，跟人说话都很温和，不像是会得罪人的样子，怎么会有仇家呢？"

毕晓呈也点头，"是啊，我到现在也没明白，不过，"她语气一转，思索着说，"我今天听那两个坏人提到了我的吊坠……可能跟这个有关？"

查尔斯皱眉问："一个吊坠而已，怎么会引来杀身之祸？"

"难道和西西有关？"毕晓呈这样想着，这些信息在她的脑中盘旋、拼凑，她渐渐感觉自己陷入了一个巨大的旋涡中。

"你……你还好吗？"查尔斯见毕晓呈陷入了沉思，问道。

毕晓呈"嗯"了一声，有些魂不守舍。

"对了，"查尔斯说，"你在这里还有事吗？"

"警察叔叔说我刚刚经历了危险,还是等父母接我回家比较好。"

查尔斯看了看自己的手表,突然一笑,"我送你吧。"

"那……"毕晓呈犹豫半晌,"好吧,谢谢你了。"

在回去的路上,两人闲聊。查尔斯说了许多哥哥在美国的事迹,言语之间,很是欣赏。毕晓呈都不知道哥哥这么多的故事,听了一路,内心泛起的温情冲淡了今天的恐慌。

"谢谢你告诉我这些。"下车的时候,毕晓呈向他道谢。

"不用谢,而且我要告诉你的不止这些。"

毕晓呈站在车外,看着坐在豪车驾驶位的查尔斯,说:"这对我已经很有帮助了。"

"我会帮你抓到那两个撞你哥哥的混蛋的。"

毕晓呈浑身一惊,与查尔斯对视。车窗缓缓上升,但隔开他们的最后时刻,她看到了查尔斯坚毅的眼神。

汽车启动,夜色中小区门口的路灯照下来,像沉默的士兵,目送汽车缓缓驶入街对面的黑暗中。

几天后,好消息真的传来了。

查尔斯跟警方合作,并且花重金请了好些退休的老刑侦师傅,在商场的摄像头下逐帧分析。很快,两个罪犯的线索就找到了，警察再顺藤摸瓜，终于在郊区的一个废弃工厂厂房里，抓住了黑衣男和他的同伙。

在审讯中，黑衣男和同伙对蓄意撞人的罪行供认不讳，在交代撞毕晓星的动机时，说是跟他结了仇，情绪激动之下，蓄意报复。关于这一点，警察和毕晓呈都有疑惑，因为哥哥一贯温和，肯定不会结下这种大仇。

但两个罪犯咬死不改口，让审讯陷入了僵局。不过有一点是肯定的，就是这两个坏蛋将面临严厉的刑罚。

罪犯已抓到，又承认罪行，虽然还未结案，但所有人紧绷的心弦都松弛了不少。判刑和赔偿还要走流程，最重要的是得等毕晓星醒来，让案件水落石出。这则是时间问题了。

毕晓星被撞事件总算告一段落，警察安慰了毕晓呈，还打算给查尔斯颁发热心市民的奖状。

查尔斯婉拒了，一来他是华侨，身份比较特殊，二来他为人低调，只是说："能帮到晓星和晓呈，我就心满意足了。"

毕晓呈知道后，专程去感谢查尔斯。

"你来得正好，"查尔斯见到她，微微一笑，"我刚好肚子饿，走，陪我去吃顿饭。"

毕晓呈本能地想拒绝。跟不太熟的中年男人出去吃饭，总归不方便。但她又一想，查尔斯帮助警察抓到了伤害哥哥的凶手，是恩人；而且他谈吐温文尔雅，又是哥哥以前实习公司的老板，应该不会有危险。

"那我请你吧，"毕晓呈说，"谢谢你帮我们。"

查尔斯露出一口白牙，笑着说："那我就不客气了呀。"

他说的不客气，还真是实话。一个小时后，他把毕晓呈带到南塘老街一家私房菜馆，一进门，里面奢华高端的装潢就让毕晓呈心里直打鼓。

"这看起来也太贵了吧……"她默默盘算，"攒下来的零花钱还剩五百，哦对，之前压岁钱没动，加起来有小四百……一共九百，应该够了吧？"

结果，菜单上第一道菜的价格就把她吓到了。

"啊？这个什么奇味金丝虾球，要两百？！"毕晓呈太过震惊，以至于心里的想法溜到了嘴边。

查尔斯没听清，问："你说什么？"

"噢，没什么没什么。你点……你点菜吧。"

查尔斯熟练地拿起菜单，连点了五六个菜。他点的时候，毕晓呈斜着眼睛去瞟菜单，每听他念一道菜，心里就凉一分。等查尔斯点完，她已经对来吃这顿饭后悔不迭了——这些菜，加起来居然要一千五！

宁波怎么有吃饭这么贵的地方呀？作为本地人，她居然都不知道。

"我点完了,你看你要加点什么?"查尔斯把菜单递过来。

毕晓呈连忙摆手:"我……我不饿,我喝水就好……"不仅声音颤抖,说话也语不成句的。

查尔斯放下菜单,微笑道:"别害怕。我在这里办了卡,待会儿直接从我的卡里扣。"

"我没——不是,说了我请你嘛。"毕晓呈打肿脸充胖子,"这里又不贵,我经常来的,吃顿饭没事。"

"你还是学生嘛,还没长大,"查尔斯说,"而且,这家店前几天才开,你来的次数,应该也不多。"

毕晓呈脸上发热,干笑一声掩饰过去。不过她也明白查尔斯知道自己付不起,是在给自己台阶下,那也不必再强撑。她大大方方地点头,说:"那等我长大了再请你吃饭!"

"好呀。"

没一会儿菜就一盘盘地上了。贵果然有贵的道理,毕晓呈告诫自己不能吃相难看,但美味的菜肴还是引得她狼吞虎咽。

奇怪的是,查尔斯却没怎么举筷,只是轻轻抿了几口茶。

"你怎么不吃呀？"毕晓呈问。

查尔斯依旧微笑道："没事，你先吃。虽然你说感谢我，但对我而言，这顿饭更算是我感谢你哥哥。他帮了我很大的忙，不过我一直搞不懂，他为什么要执意回国？"

"我也不知道。"毕晓呈边吃边说，腮帮子鼓鼓的。

查尔斯眯着眼睛，幽暗的灯光下，他的表情模糊不清。

毕晓呈好不容易把菜咽下喉咙，说："不过我有个猜测，有点离奇，不知道你信不信？"

"哦，"查尔斯抬起目光，眸子发亮，"你说说？"

眼前这个人既是哥哥的老板兼朋友，还帮着她抓到了坏人，现在又请她吃了这么贵的晚餐。更重要的是，他从一出现，就儒雅风趣，处事恰到好处，惹人心生好感。毕晓呈对他十分信任，便把这个暑假经历的一系列事情都说了出来，毫无保留。

查尔斯听到最后，抿了口早已冷掉的茶，说："好精彩呀，虽然的确有违常识。"

"是吧，我就觉得你不会信。"

不料查尔斯郑重地说："我当然信。"

"啊？"

查尔斯目光炯炯，说："而且我还会帮你找到证据，让其他人也相信。"

毕晓呈问:"你是说?"

"我也是潜水爱好者,在这边有朋友可以借船和装备给我们。你不是记得去波光城的附近,有一些海底高山吗?这些就是地标,你可以告诉我位置,我有3D地形图可以对照,能找到波光城。"

毕晓呈也高兴起来。如果有别人说可以帮她去海底城,她是不信的,但若这个人是查尔斯的话,就另当别论了。查尔斯给她的感觉是有头脑、有钱、有人手,简直无所不能。

"可是,你为什么要帮我呀?"

"一来感谢你的哥哥,二来,说实话,我也很想见到你说的景象。"查尔斯表情诚挚,"我们是同一类人,我们都有好奇心。"

08 时空拼图

天空湛蓝，轮船下的海水也是同样纯净的颜色。毕晓呈站在护栏后面，一会儿望天，一会儿俯视大海，看得久了，她都有点分不清到底是海水映照着蓝天，还是天空盛进了整片海洋。

元龙也在一旁。他是被毕晓呈叫过来的，反正他在家很无聊，查尔斯也不介意多一个人下海。

"怎么样，"查尔斯走到毕晓呈身旁，"大海很美吧？"

毕晓呈点头说："是啊，明明只有一种颜色，但怎么都看不厌。"

"我小时候也觉得大海很美，但有一天，我差点在海里淹死。"

毕晓呈眉头微皱，转头看他。

"那时候我还小，缠着父亲带我出海。他经营着一家很大的贸易公司，有时候在天上飞，有时候坐船横穿大洋。那次他带上了我，我贪玩，从甲板上摔了下去。真奇怪，我明明会游泳，但一落到海里，之前学的所有游泳技巧都忘了。我往海里沉，像是落进没有底的深渊。"

毕晓呈问："那后来呢，你没死吧？"话一出口，她自己也觉得不妥，吐了吐舌头。

查尔斯也笑了，说："当然，是水手救了我。但那之后，我对大海的感觉就变了。"

"变成什么了？"

"她不再安静、美好，而是充满了危险，神秘莫测。这片海洋里有太多的秘密和未知了。"

毕晓呈还是第一次知道查尔斯有这样的往事，不禁更觉得他可怜了，安慰道："也不能因噎废食，只要带好装备，入海还是安全的。"

查尔斯摸摸自己的鬓角，笑着说："你说的也对。我们已经到达安全的海域，可以下水了。"

毕晓呈忍不住问："你既然害怕大海，那还要跟我们一起下去吗？"

"那当然，我们家族的教育很强势。你越害怕什么，就越是逼你去面对，直到征服它。我也考了潜水证的。"

"好，那我们去穿潜水服。"

查尔斯摆摆手，笑着说："今天用不上潜水服啦。"

他领着一脸疑惑的毕晓呈和元龙来到轮船尾部。这艘船上固定了许多粗壮的钢筋支架，伸到海面上。毕晓呈好奇地探出头，看到尾部支架上吊着一艘奇怪的小船，外层呈钳型，涂着黄漆，像一个大大的"U"字，在两个钳子中间镶嵌着一个玻璃罩,直径三四米的样子。透过玻璃,能看到里面有密密麻麻的仪器和线路,以及三把座椅。

"这是……"毕晓呈眯着眼睛。

元龙只看了一眼,就叫道:"哇,潜水器!"

查尔斯赞许地点头,说:"是的,这是民用潜水探测器,比较小,但坐三个人还是没有问题的。"

三人顺着侧舷的爬梯,依次进入潜水器。毕晓呈和元龙对里面的仪器很感兴趣,左顾右盼,查尔斯却径直坐进驾驶座,轻车熟路地把一排按钮挨个儿打开。玻璃罩缓缓扣上,严丝合缝,将海水挡在了外面。

"下水。"他拿着话筒,低声道。

轮船上的船员听到指示,立刻操纵钢缆,把吊着的潜水器缓缓降到水面,再将巨大的钳扣一一解开。

毕晓呈只觉得身体一晃,便听到哗啦的水声。玻璃罩已经有一半沉入了水面,水纹晃动,像随时要涌进来一样。

"别担心。"查尔斯看出了她的顾虑,"这个潜水器虽然是民用的,但安全级别是民用潜水器中最高的。这种玻璃的强度很大,只要不潜得太深,就不会被水的压强破坏。"

"查尔斯叔叔,你好厉害啊,"毕晓呈由衷地说,"连潜水器都会开。"

"我们家的人,都跟海很有渊源。"

毕晓呈还想再问,但看查尔斯已经在认真地操作仪器了,便走到座位上坐好。元龙也坐到她身边,侧过身子,在她耳边悄悄说:"我觉得有点不对劲。"

"啊?"毕晓呈微微张嘴,"怎么了?"

"刚刚我在船上,发现有个舱里面似乎坐满了人,恐怕有二三十个。货舱那堆着很多用黑布遮住的箱子,有人看守,我刚走近就被赶开了。"

毕晓呈倒吸一口凉气。其实她对这趟下水也有点嘀咕,早上出门时,犹豫了一下,没有戴上哥哥的那条吊坠。她思索片刻,刚想说话,前面的查尔斯已经握住手持推杆,缓缓往前推。

"坐好,我们要下水了。"潜水器没入海中,玻璃罩里顿时幽暗下来,查尔斯的眼睛里却慢慢放出光芒,他的嘴角抽搐了一下,"让我们去揭开海底王国的面纱吧!"

这里的定位,是毕晓呈按照记忆画出那几座海底高山的模样,再由专门的地质学家去比对,从而锁定的位置。

下潜深度不断增加,很快到了海底。在几束灯光下,浑浊的画面展露身影。

在一座海底高山的背后,出现了晶莹剔透的海底城。

"在那里!"毕晓呈伸手指过去,高兴地喊道。

查尔斯也贴紧观察镜，眼角微微抽搐。

元龙察觉到他的表情不对劲，悄悄拉了拉毕晓呈的袖子。

"终于，我找到你了！"查尔斯喃喃道，两行热泪从眼角淌下。

毕晓呈心中一紧，犹豫地问："你怎么了？"

查尔斯却没有回应她，而是抓起一旁的对讲机说："目标已确定！按计划行动！"

"什么计划？！"毕晓呈着急起来，想解开座椅上的绳扣，但查尔斯眼疾手快按下一个按钮，那绳扣发出"咔哒"一声响，被磁吸紧紧吸住，无论怎么拉扯也扯不开。

旁边的元龙也是同样情况，被紧紧束缚在了座椅上。

毕晓呈大声喊："查尔斯，你到底想怎么样？！你放开我们！"

查尔斯转头看着她。这时他的眼神已经不再温和，而是充满了狂热。"查尔斯是我的英文名，我更希望你称呼我的中文名。"他慢慢地说，每个字都像是从牙齿间咬断后蹦出来的，"我叫蔡斯尔，这个名字承载了我家族的传承与荣耀。"

"蔡斯尔……蔡？"毕晓呈顿时脸色煞白。一瞬间，无数线索和细节涌入她脑海。她意识到，自己落入了一个精心准备的圈套。

查尔斯……不，现在该叫他的另一个名字了，蔡斯尔傲然地说："是的，我姓蔡，蔡斯尔的蔡。"

"也是蔡千的蔡……"

"你很聪明。我是蔡千的嫡系传人，我是镇海王之后。"

就在他们说话的时候，潜水器后面出现了更多的灯光。那是九艘更大的潜水器，向着海底城包围而去。

它们的目的并非拜访，而是劫掠与毁灭。

察觉到不速之客的靠近，波光族人都游了出来，不安地聚成一圈。它们都是水滴形态，聚成团后，像一蓬茂盛的发光蒲公英。

一艘潜水器游到它们上空。

波光族人发出问候和试探，既表示欢迎，又有对人类为何来此的疑问。

但潜水器作出的回应，只是伸出一根高压泵管。随着开关打开，泵管猛烈吸水，将这一大团波光族人都吸了进去。

所有的海底城居民，所有发光的液态生命，无一幸免。

"老板，已成功完成抓捕。"对讲机里传来声音。

蔡斯尔扬起嘴角，俯身朝对讲机说："实施第二阶段计划。"

毕晓呈和元龙被缚在座椅上，又挣了下，依然挣不脱。"你要干什么？！"毕晓呈急红了眼睛，"你太卑鄙了，你利用我！"

蔡斯尔一笑，说："随你怎么说吧。不过，在我的字典里，没有'卑鄙'和'利用'这两个词，只有'成功'和'失败'。"

"你到底想怎么样？！"毕晓呈的声音里已经带了点哭腔。

"我是镇海王之后，想做的，就是重塑先辈荣耀。我们蔡家在战乱中苟存，辗转出海，在国外遭受了无数屈辱，才终于有了现在的家业。但那又如何，如今我建立的只是一个公司，我也只是一个商人而已。在我们族内，流传着蔡千先祖的遗训——寻找波光族，回到过去，拯救他。我从小到大，耳边回响的一直是这条祖训。"

"啊？回到过去……这怎么可能？！"

蔡斯尔不屑地摇摇头。他操纵着潜水器，靠近波光城后悬停着，似乎在欣赏其他潜水器在里面进行的劫掠。"我们当然没办法穿梭时空，但，这里有。"他指着波光城说："波光族有穿梭时空的技术。你上次潜水回到过去，就是这种技术的体现。"说完，他拿出一个小圆盒，露出微笑。

毕晓呈记得，在西西视角里见到的蔡千，就是用这个小圆盒来放出特定频率的。那么，蔡斯尔说的没错，他的确是蔡千的子孙，他继承了这个圆盒。

"另外，我还要感谢你，"蔡斯尔突然看向元龙，"你来这艘船上时，我们用摄像头复制了你的虹膜，现在，我的手下正用你的虹膜闯过安检，去取走那个巨蟒头颅的基因残片数据。"

他在海底劫掠波光城的同时，还闯入幽蓝潜水俱乐部行窃，这种双管齐下的袭击，显然是蓄谋多时的结果。毕晓呈不只身体动弹不得，心也跌到谷底。一种深深的无力感笼罩了她。

劫掠和毁灭还在继续。

九艘潜水器闯入波光城，伸出机械臂，像失控的巨人般四处破坏。

这一次，毕晓呈和元龙待在蔡斯尔的潜水器里，离波光城很近，所以也终于看清了这座海底城市的全貌。正如上次毕晓呈的遥远一瞥，这座城市美轮美奂，乍一看，如晶莹剔透的水晶雕饰。

波光族人如同透明的水滴，它们思维相连，没有隐瞒和欺骗，因此也无需像人类一样注重隐私，整个波光城见不到一面墙壁，也没有任何商场或学校。在潜水器底下，只见到一丛丛奇形怪状的透明树木，有些树高达十几米，从海沟里长出来，枝条繁茂，半透明的叶子随着水流摇曳。仔细看的话，还能发现树干里的流动脉络。

这些树，组成了整个波光城。

这里是城市，也是发光的海底丛林。每一棵树，都是一个波光族人的艺术创造。有些树高大雄伟，枝头挂满了五颜六色的茧，茧里面像孕育着什么，微微舒张，看着像人类的心脏；有些树呢，虽然不高，但长得有棱有角，跟人类的雕塑一样，有飞鸟模样的，有鲸鱼模样的，搭配上摇摆的蔓草，看起来栩栩如生；还有一棵长在最中间的巨树，粗得怕是十几个人都抱不下，树干笔直，但看得到树皮里有一些透明的晶片，正在发光。

这些晶片，就是蔡斯尔的目标。

潜水器的机械臂一路挥斩，所过之处，透明树木和藤蔓都被砍断，海水一片浑浊。被惊扰的波光族人四散奔逃，但逃不过潜水器底部的专用吸水泵，他们被一一吸入，困在特殊材料制成的瓶子里。

波光族人本来是水滴状的光点形态，被统一囚禁后，陷入萎靡，互相缠绕融合，组成了在瓶子里晃动的透明液体。

蔡斯尔盯着显示器上的水瓶，目光灼热，"这就是所有波光族人汇聚而成的生命之水。从此以后，波光文明，皆为我囊中之物！"

他命令手下加快速度，话音未落，机械臂撕开中央巨树的树干，将蕴含了波光城科技的晶片取走。潜水器又从腹部伸出炮口，朝四周发射鱼雷。

火焰在海底升起，又瞬间被高压海水扑灭。冲击波朝四周扩散。

延续了数万年的文明在冲击波中坍塌。古朴的树木纷纷倒下，碎成千万块；本来安静游荡的鱼群也或死或逃，黑烟从倒下的树干里冒出，继而消弭于海水中。

等潜水器驶离，整个海底城已经被炸得差不多了。最后一枚人型鱼雷从远处射来，轰击震动整个海洋，沉重的海水朝四周侵袭，将已经成为废墟的海底城彻底抹去。

平静度过了数万年岁月的悠久文明，尊崇古朴又崇尚科技的神秘种族，转瞬间消亡。

毕晓呈贴在潜水器的玻璃上，呆呆地看向远处被夷平的城市，眼中映着光。只不过，远处的光来自一闪即灭的火；而她眼里的光，来自泪。

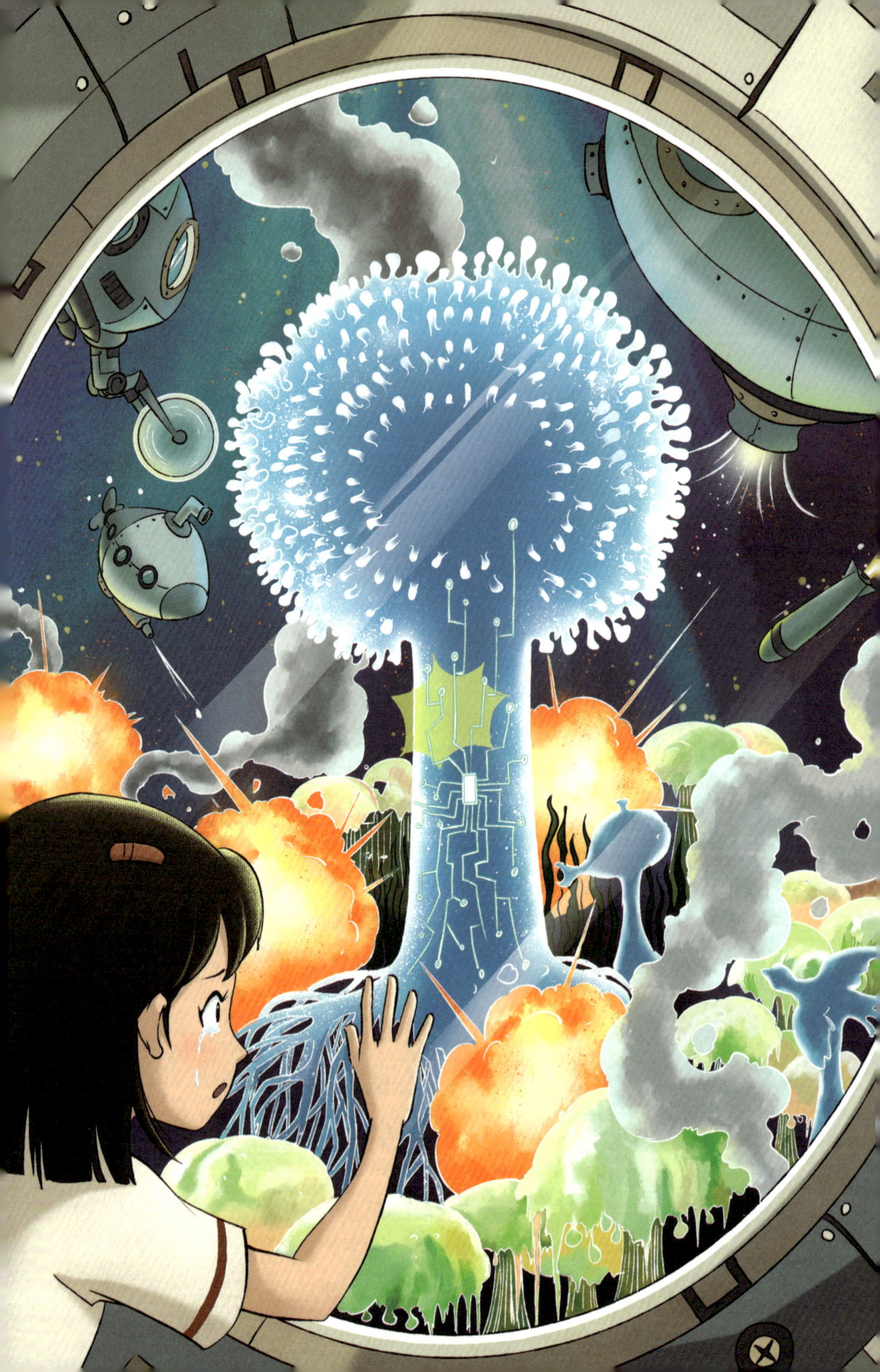

09
水之往事

过了很久，毕晓呈都没有缓过来。

她已经安全地回了家。蔡斯尔得到了波光族科技，俘获了海底的所有波光族人，计谋得逞，她和元龙便失去了利用价值。他把两人带到岸上，自己就驾驶着潜水器，消失在了深海中，想必是要通过其他渠道把劫掠来的宝贝运出国。

蔡斯尔并没有跑远，他又有恃无恐地回到了宁波。

回到家的毕晓呈，每天都浑浑噩噩，时而咬牙切齿，时而以泪洗面。

更糟糕的是，当她用高压锅唤醒西西，告诉它这个噩耗时，西西也很忧虑，说："如果波光城被人类摧毁，那我有个更坏的消息——恐怕，我们的母星已经检测到了这次变故。"

"母星？"毕晓呈问。

"是啊，我们并非地球生物。我们来自太空，波光城只是我们这一艘飞船上的种群，更多的族人，依然在遥远的母星。它们会把罪孽归在整个人类的头上，如果我没猜错，向地球问罪的飞船，已经启动了。"

毕晓呈吓得手都在抖，说："那它们从母星过来要多久？"

"不知道我们走后，母星的科技进步了多少，但我估计，以地球时间来算的话，很可能两个月以内，飞船就会降临地球。到时候，星际战争就要开打了。"

西西的话很严重，甚至听起来不像真的，但毕晓呈毫不怀疑，因为西西不会说谎。

地球要跟波光族人打仗了，以两者悬殊的科技来看，这场战争的胜负是毫无悬念的，是一面倒的。

"末日就要来临了，"毕晓呈闭上眼睛，喃喃地说，随即眼角流出晶莹的液体，"都是我害的……"

这期间，唯一的好消息是——特殊病房里，哥哥终于睁开了眼睛。

一看到醒过来的哥哥，毕晓呈心里的委屈和难过就翻腾起来，她很想扑到哥哥怀里放声大哭。但哥哥刚醒来，脸色苍白，身体应该还很虚弱。于是，她慢慢走到病床边，眼圈红红的。

哥哥伸手拍了拍她的小臂，说："一段时间没见，你又长高了。"

这一句，让毕晓呈再也忍不住，她喊了声"哥哥"，便伏在他的枕头边呜咽起来。

"哭啥,"哥哥勉强一笑,"我就是睡眠质量好了点嘛。"

"都这时候了,还开玩笑!"说话的是妈妈。她一听到哥哥醒来的消息,便立刻赶了过来。

紧跟着,爸爸和其他亲戚也陆续到了病房。人一多,护士就不让进了,说怕打扰病人休息。护士建议只留一个人。

哥哥没多想就说:"那还是晓呈吧。"

医院规定得遵守,爸妈便带着乌泱泱的一堆人离开了。房间里顿时清静下来,毕晓呈问:"哥,你好些了吗?"

"医生说还要躺几天,但很快就能恢复,别担心!"

毕晓呈放心了一些,又想起虽然过了这么多天,但哥哥一直在昏睡,就像做了个漫长的梦,对外界一无所知。她刚要开口,哥哥就说:"是蔡斯尔干的,是吧?"

"啊?"

"撞我的人。"

哥哥叹了口气。他往床头挪了挪,坐得直了些,说:"我就知道,他不会轻易放过我的。"

"他还做了好多坏事!"毕晓呈眼前又出现了那一团在海底燃烧的火焰。

哥哥一愣,问:"还发生了什么吗?"

毕晓呈连忙把这些天发生的事情都告诉了哥哥。哥哥安静地听着，听到海底文明毁于蔡斯尔之手时，眼眶也微微发红。听完后，哥哥皱紧眉头，往后躺下陷入了沉思。

"到这里，蔡斯尔几乎可以说是大获全胜了。"思考了好久，哥哥才慢吞吞道："他夺走了波光城的财宝和科技，波光族也全族被他俘获，唉，我还是没能阻止他的阴谋。"

毕晓呈问："到底是怎么回事呀？"

"这要从很早以前说起了。"

当年，毕晓星作为志愿者参与"小蓝瑚Ⅰ号"的发掘工作。机缘巧合，他听到了西西的呼唤。

原来蔡千在偷盗波光族科技并掳走西西后，一直在研究波光族的技术，却限于当时的科技水平，始终毫无收获。其实他和家人都从海战中秘密逃生了，他却不跟家人住在一起，而是独自探索。他所知道的，是波光族除了在海底建造的城市，还留有一艘飞船。飞船来自外太空，里面有更多的科技。但飞船在哪里，他始终没有一点线索。

直到蔡千乘坐一艘意外失事的船，溺死于海中，他漫长的一生才终结。

而那艘失事船，就是"小蓝瑚Ⅰ号"沉船。西西被困在特制的容器里，浑然不觉，两百年悄然流逝。

随着"小蓝瑚Ⅰ号"被发现，西西也露出水面。它不再轻易相信人类，却对毕晓星慢慢放下戒备，告诉了他波光族的秘密。那时候的哥哥，跟现在的毕晓呈一样兴奋。

然而，"小蓝瑚Ⅰ号"出水的消息，引来了许多不怀好意的目光。其中在美国横跨船舶、运输、医疗和建筑等行业的蔡氏集团，就派人偷走了西西。蔡氏集团之所以能壮大，就是因为蔡千当年偷走了不少波光族科技，在两百年前，这些芯片和技术还无法被应用，但如今人类科技也进步了，蔡家人尝试着反向研究，应用于商业，取得了巨大成功。更关键的是，蔡斯尔还利用波光族的科技，在美国制作了囚禁西西的吊坠，其硬度之高，连炸弹也不能损坏它一分一毫。

哥哥毕业后远赴美国，加入蔡斯尔的公司，一步步接近他，就是为了再次找回西西。

毕晓星也的确成功了。他带着西西回到国内，一边在港口博物馆工作，一边等外出许久的欧阳爷爷回来。但还没等他跟欧阳爷爷商议，就被回过神来的蔡斯尔派人撞伤。

恰好那天吊坠在他外套里，而他把外套披在了毕晓呈肩上，由此引发了一系列事件。

兄妹俩聊完，敲门声响了。原来是警察接到哥哥苏醒的消息，过来问当事人情况。哥哥把与蔡斯尔的恩怨告诉了警察。听完后，胖警察皱起眉头说："你是当事人，你提供的线索我们肯定会重视，一定认真去调查，但就经验来说，这些说法还缺乏证据。"

高警察犹豫了一下，也补充说："是啊，而且涉及外籍人士，需要更谨慎地处理。"

话是这么说，两个警察还是对蔡斯尔进行了传唤。

蔡斯尔早就把所有车祸证据都处理干净了，不慌不忙，在警局里气定神闲地坐着。警察问他什么，他都态度温和地摇头说不知道。

一通询问下来，毫无收获。

很快蔡斯尔的律师就驱车来到，给他办理手续。没有证据的话，警察不能扣留他太久。蔡斯尔微微一笑，整了整名贵的西装，起身离开。

"就这么放他走了吗？"毕晓呈站在街对面，看着蔡斯尔在一众人的簇拥下走出来，不甘心地问。

"没办法，法律讲究证据，我们暂时无法提供。"哥哥也盯着对面的警局门口。

很快，蔡斯尔走出门，一辆黑色轿车停在他面前。他刚要弯腰上车，但是一抬头，看到了正在穿过街道走向他的毕晓星。

"你来了。"蔡斯尔收起嘴角的笑容。

哥哥咳嗽一声:"拜你所赐,也只是刚刚能下床。"

"这么重的病,刚好一点就来给我送行吗?你真是够意思。"

毕晓星仔细看着蔡斯尔,像是要把他的表情全部刻在心里。半晌,毕晓星才重重地说道:"你已经赢了,你夺走了波光族的科技和财宝,但它们是伟大的种族,不应该被人类囚禁。"

蔡斯尔眯着眼睛冷冷地看了毕晓星一眼,就头也不回地上了汽车。

等汽车驶远,毕晓呈和哥哥站在街边,都有点无精打采。明明才是八月的宁波,但晚风轻轻拂过,竟带着一丝萧瑟。

"那接下来怎么办?"毕晓呈问。

哥哥叹口气:"日子还得过。"

10 转机

过了几天，医院确定哥哥没有大碍，就让他办理了出院手续。哥哥又跑了几趟警局，备案之后，就可以在市里正常活动了。

哥哥的第一选择，是回去上班。毕晓呈劝他多休息几天，但哥哥摇头，表示出车祸这一个月以来，落下的工作都让同事帮忙处理了，心里过意不去。哥哥拍了拍她的肩膀，说："这样吧，要是你实在担心我，就过来帮我办展吧。"

毕晓呈一听，黯淡了许多天的眼睛登时放光，说："好啊好啊！"连帮什么忙都不问。

哥哥又说："不过只能是志愿者哦，你的年纪太小，还不能正式参加工作。"

"没问题！"

原来正值港口博物馆创建十周年，要办一个大展。"小蓝瑚Ⅰ号"是博物馆展览的重点，从策划到布景，哥哥都要参与。这正好是毕晓呈的兴趣所在，她把对波光族的缅怀转移到了当志愿者的热情上，给哥哥出谋划策，以初中生的视角提出建议，还在电脑上写宣传文案。

帮着哥哥办展的时候，毕晓呈还顺便去把初级潜水证给考了下来。理论考核她都没问题，但到了开放水域，她一下水，不久前见到的火焰焚城景象便立刻在眼前浮现，让她有点慌了神。幸好她水性过硬，及时反应过来，最终以标准动作潜到了最大深度，顺利拿到了初级潜水证。

总之，就像哥哥说的一样，日子总要继续。只是她总会在不经意间，想起水里面那个发光的族群。如果不是李琪薇的出现，可能这个暑假的历险会就此停留在毕晓呈对青春期的记忆里，等她长大，然后慢慢遗忘。

李琪薇是港口博物馆联系的记者，负责对十周年展会进行宣传。她衣着朴素，一身浅蓝色的裙子，走起路来却风风火火。她一进会议室就对着毕晓星大声问："你就是毕晓星吗？"

毕晓星连忙站起来，说："我就是。您是？"

李琪薇掏出一张证件，在毕晓星眼前一晃："我是来采访的记者。先把你们展览的消息发布出去，预预热。"

如今办活动，宣传至关重要。虽说港口博物馆平时预约参观的人就不少，但毕竟十周年，领导们肯定也想办得更加热闹些。毕晓星点点头，说："那就麻烦您了。"

"没事！"李琪薇大大咧咧地一挥手，"职责所在。"

她的手拂过两人之间的空气。毕晓星看到李琪薇大大的眼睛，怔了好几秒。毕晓呈推门进来时，正好见到这个场景，看着愣住的毕晓星，她叫了一声"哥"。

哥哥回过神来，"抱歉抱歉，请问您怎么称呼？"

"李琪薇，叫我薇薇就好。"

"好的，李女士。"哥哥说。

毕晓呈本来是来给哥哥看自己设计好的展会贴纸，到时候可以送给参观的游客。但一听到哥哥语气如此郑重，她起了好奇心，便坐在会议室一旁，观察两人。

"那我们就开始采访？"李琪薇直奔主题。

哥哥却说："等下，我给你泡杯茶。"

"我不渴。"

"没关系没关系。"哥哥拿起水杯走向饮水机。李琪薇等他把茶泡好，放在长会议桌的侧边。五六片茶叶在热水浸泡下舒展开来。她扶了扶眼镜，掏出录音笔，又打开笔记本电脑，对哥哥说："可以开始了吗？"

哥哥连忙坐直，清了清嗓子说："可以了。"

"只是展会的宣传采访而已，你不用紧张。"

"我哪有紧、紧……"哥哥咳嗽一声，"哪有紧张？"

"那好吧，请问这次为什么要办这么隆重的展览？"

哥哥立刻说："因为宁波中国港口博物馆于 2014 年 10

月建成,今年正值开馆十周年。这十年里,我们作为大型港口专题博物馆,不仅向公众展示了港口和船舶这些专业领域的知识,还在科研、教育上取得了很大的进展。"接着,他把港口博物馆近些年的成就一一列举,如数家珍。

李琪薇边记边说:"背得很熟嘛。"

"也不是背,很多项目我也参与了一点。"

"比如呢?"

哥哥又说了港口博物馆被评为国家一级博物馆的事,以及举办过的一些展览,"除了港口和船舶,也做了一些其他方面的陈列。小朋友们来了都能有所收获。"

"对了,'小蓝瑚'的事你能介绍一下吗?"

哥哥一愣,说:"好的,'小蓝瑚 I 号'是我们的重点项目。"说着,把整个"小蓝瑚 I 号"的发掘过程及其对水下考古的意义等都说了出来。

李琪薇显然也做过功课,不时点头和提问。在哥哥介绍出水文物时,她还特意问了一句:"您觉得,这些文物,本就在海里吗?"

哥哥没反应过来:"不是海里,那还能来自哪里?"

"有没有可能,来自天上?"

哥哥迷糊地摇摇头。

这之后,李琪薇采访的兴致就少了许多。又聊了一会儿后,她点点头说:"差不多了,谢谢您的回答。之后我会整理好稿件的。"随后便起身离开了会议室。

一直到她的身影消失,哥哥都还在看着空荡荡的门口。

"别看了,"毕晓呈没好气地说,"早走了。"

"唉!"哥哥叹了口气,反应过来后连忙说:"我没看啊。对了,你怎么在这里?"

"喂,我在这待了快两个小时了好不好!"毕晓呈叫道,"你们整个采访我都在,你居然一直没有看到我!"

哥哥脸上有些挂不住,说:"会议室大嘛。"

"大——吗?"毕晓呈用手划了一圈,这才十几个平方米的会议室跟她的卧室差不多,简直是一览无余。

"行了行了,我认错好不好?"哥哥说。

两兄妹在会议室里大眼瞪小眼。过了好一会儿,哥哥突然叹口气,问:"我感觉刚刚没有介绍清楚,如果还有机会见到这位记者,应该多跟她说说我们水下考古时有意思的事情。"

"应该还有机会吧。"毕晓呈说着,想起来找哥哥的正事,便用平板电脑把自己设计的贴纸给哥哥看,让他提意见。毕晓星心不在焉,支支吾吾的,她终于生气了,但刚要发火,又想起刚刚注意到的一个奇怪细节:"对了,你有没有觉得,她不太对劲?"

"谁?"

毕晓呈说:"就是刚刚的记者啊。"她回忆起整段采访内容,"我感觉,她的重点并不在十周年布展上,而是一直在问'小蓝珊'。"

"这有什么不对劲的?'小蓝珊'本来也是我们博物馆重点宣传的项目。"

"她对'小蓝珊'很熟悉。"

"这更正常了。记者嘛,要做基本的功课,'小蓝珊Ⅰ号'沉船在网上有很多资料,要查到也不难。"哥哥不以为然,"网上甚至还有纪录片呢。"

"但她提到了蔡家人。"

"那也完全没——啊?"哥哥一愣。

毕晓呈郑重地点头。

哥哥半张着嘴,想了一会儿说:"我怎么没印象?"

"你再认真想想!"

哥哥仔细回忆,果然,在记忆的角落里找到了李琪微聊起'小蓝珊'时,言辞中提及蔡家人的片段,而目前公布出去的消息中,只提过"小蓝珊Ⅰ号"是清代沉船。

这么一想,李琪微的确有向自己套话的意图。哥哥又皱着眉说:"那应该是身为记者的本能吧,想挖出更多。"

毕晓呈叹了口气，说："但愿是我多心了。"

事实证明，毕晓呈的观察并没有出错。因为第二天下午，就有另一个记者来到博物馆，要采访哥哥。

哥哥感到诧异，就去问领导："您安排了两拨记者吗？"

领导摇头，说："就联系了一家记者呀，他们公众号流量还不小呢！"说完，掏出手机，给他看联系记者的照片，正是第二个来采访的记者。

那李琪薇是谁联系的呢？

哥哥问了一圈，整个博物馆的工作人员竟然都不认识李琪薇。哥哥越想越不妙，记起来李琪薇掏出记者证时，故意晃得特别快，他压根就没看清——说不定，她根本就不是记者，不知道怎么混进了工作区，来跟自己套话！

毕晓呈说得对！李琪薇不对劲！自己被骗了！

哥哥连忙把情况跟毕晓呈说了，毕晓呈先是得意洋洋："怎么样，我就说吧！你还是研究生呢，观察力还赶不上我这个初中生！"

"行行行！"哥哥说，"那你赶紧想想，她来套我话的目的是什么？"

"我怎么知——"毕晓呈刚要说话，突然停下。

哥哥也睁大眼睛，与她对视。

"蔡斯尔！"两兄妹异口同声。

11
天外秘闻

临近傍晚，晚霞在天边流淌。这条位于镇海区北边的小巷子被晚霞映红了一半，另一半则沉进黑暗中。

毕晓呈和哥哥还有元龙走在巷子里，看着前方黑黢黢的，三人心里都有些打鼓。

"这里对不对啊？"毕晓呈嘀咕道。

元龙说："反正根据你们给我的线索，唯一符合要求的人，就住在这里面。"

哥哥也点头说："既来之，则安之。"

就在昨天，毕晓呈和哥哥都觉得假装成记者来套话的李琪薇跟蔡斯尔脱不开关系，便紧张起来。难道是蔡斯尔回美国后，贼心不死，还要派人来刺探消息？难道蔡斯尔还有别的阴谋？重重疑窦让兄妹俩坐立难安。两人一合计，决定把李琪薇找出来问个清楚。

他们试图向警察求助，但调用摄像头需要经过层层审批，高警察和胖警察不能违反纪律，表示爱莫能助。正失望的时候，毕晓呈想到了元龙——这个少年虽然才十五岁，但精通电脑技术，在编程比赛上得过大奖，说不定能帮他们。

元龙果然不负所望，利用博物馆监控里的截图画面，把李琪薇的五官抓取出来，又用自制程序在网络上检索，很顺利地就在一则新闻里找到了跟李琪薇一样的脸。

"怎么样？"当时，元龙把笔记本电脑转向兄妹俩，仰在椅子上，"找我准没错。"

毕晓呈和哥哥凑近屏幕，果然，在一个点击率很低的新闻页面上，看到一张大学里办讲座的合影。合影的角落里，就站着李琪薇。

这则新闻是几年前上传的，李琪薇一副学生打扮，看起来青涩许多。但她的脸很好辨认，看一眼就忘不了。

"哼！这下你跑不了了。"毕晓呈说。

毕晓星却皱眉看着新闻的文字说明，越看越疑惑。这是大学里一个讲座的合影，活动主办方是N大学的天文研究院。考虑到听讲座的人大都是N大学的学生，元龙缩小了搜索范围，果然在N大学的论坛里找到了李琪薇的信息。

她竟然是天文系学生，今年六月刚毕业，家就住在镇海区。

一个看起来人畜无害的女大学生，怎么会跟蔡斯尔扯上关系呢？毕晓星不禁怀疑起自己的推测来。光靠臆测当然不行，他便打算找李琪薇当面问清楚。而这种事，毕晓呈和元龙自然也不肯错过。

"我主要是怕你又犯花痴，"毕晓呈说，"前几天她采访你时，我看你魂都丢了。我不放心你一个人去找他。"

哥哥无奈点头，又问元龙："那你为什么想要去？"

"星哥，你可是我的偶像！"元龙恭敬地说。

"别油嘴滑舌。"

"噢，我也想看热闹。"元龙老老实实地说。

于是，此时此刻的三个人就站在了巷子中间，紧张地看向不远处的院门。

镇海区在宁波市的东北部，跟北仑区一样靠着海。这里有繁华的商圈，也有冷清的村改街道。这条巷子就深深藏在几条荒凉街道的交会处，一到傍晚，海风变大，空气中便有了腥咸的味道。

两条狗从巷口探出脑袋，打量着这三个陌生访客。

哥哥走到小巷尽头的院门口，深吸一口气，敲了敲门。

没人应。

哥哥又敲了一会儿，院子里连脚步声都没有响起。看起来里面没人。

元龙建议说："我们直接进去？"

"毕竟是别人的家，闯进去不太好。"哥哥摇头。

他们刚转身要走，巷子中间的一扇铁门打开了，一位满头银发的老奶奶走出来，笑眯眯地看着三个人。"你们找薇薇啊？"老人说。

毕晓星大喜："您认识她吗？"

"你们是……"老奶奶的眼睛很小，皱纹感觉快要淹没了瞳孔。

哥哥刚要说话，毕晓呈抢先开口说："我们是薇薇姐的朋友。"

"哎呀！那太好啦，自从那件事发生后，微微就一直研究她那个什么天文，好多年没有见她交过朋友了。"老奶奶喜笑颜开，眼睛更是眯成了一条缝，"来来来，在我家等一会儿，薇薇一般会晚一点回来。"

三人对视着，毕晓呈低声说："可以先打探一下情况。"她转头对老奶奶露出甜甜的笑容，说："好呀，谢谢您啦！那我们就在您家等她一会儿。"

老奶奶家里很简朴，看起来是独居，一盏黄灯照亮了温馨的客厅。靠里的角落有个柜子，上面铺满了晒好的鱼干。

毕晓呈搬了三把椅子，她自己坐得离老奶奶最近，问："薇薇姐就一直住在这里吗？"

"是啊。除了读大学那四年，她就没离开过这里。"老奶奶说："小时候她可黏我了，我拣渔获时，她就在我旁边坐着，问这问那，这条鱼叫什么名字呀，那条鱼为什么长了好几道鳍啊……"老奶奶陷入了回忆，含笑说道。

她越说，毕晓呈越感觉到奇怪——在老奶奶的描述中，李琪薇是个热情且对海洋充满好奇的女孩，很是可爱，听起来不像是会跟蔡斯尔有瓜葛的人。

毕晓星倒是听得很认真，问道："那后来呢？"

"后来……"老奶奶叹了口气，格外惋惜的样子。

这个时候天已经很晚了，晚霞被西边天空一点点吞没。万家灯火亮起，海风中也带着一丝冷意。

这时，巷子口传来了脚步声。

"嘿，薇薇回来了。晚上她要去鱼市帮忙拣货，也算打工吧，一般都这个点回来。这孩子，可懂事呢。"

巷子里果然走进来一个窈窕身影，是李琪薇。她步伐疲倦，侧脸被巷子口的灯光勾勒出一抹锋利的轮廓。

毕晓星被她用假记者的身份套话，又联想到她可能跟蔡斯尔有关，本来是怀着一腔怒火来的，但此刻看到她的疲态，一下子噎住了。

李琪薇也看到了他们三人。元龙是陌生面孔，但毕家兄妹她是前几天才见过的，不会忘记。

她站住了，肩膀微微缩紧，露出警觉的表情。

"我们等了好久。"毕晓星先说。

李琪薇点头，目光一转，看向老奶奶说："秦奶奶，还没睡呢?"

"这不是见到你朋友们过来了嘛,跟他们聊聊天。"老奶奶依旧笑呵呵,"他们很关心你呢。我把你小时候的事都告诉他们了。"

"那些事我自己都忘了。"李琪薇说,然后看着毕晓星,又问了一声:"朋友?"

哥哥还没开口,毕晓呈就大声说:"是啊,我哥哥一直说你们是好朋友呢!"

李琪薇又看了眼秦奶奶,"嗯"了一声,说:"对,我让他们来这里的。走吧,去我家吧。"

说完她就走向自己家的院子,毕晓呈三人连忙跟上。

李琪薇住的院子虽然地方宽敞,但较为陈旧,院子里堆满了杂物。毕晓呈从小住在商品房里,方便是方便,但家里总是有点挤。一走进这个院子,她就下意识说:"你这么大的房子,很贵吧?"

李琪薇头也不回:"这里不像你们市区,房子那么值钱。"

"你知道我们住哪里?"哥哥问。

"查过。"

"这也能查到吗?"

李琪薇回头看他,说:"你们这不是也查过来了吗?"

几个人站在院子里。李琪薇让他们进屋,但毕晓呈觉得自己是来兴师问罪的,进人家屋里也不合适,就说还是在院子里聊吧。

李琪薇说:"那你们等我一下,我刚下班,身上都是鱼腥味。"

说完她就自顾自进屋,留下面面相觑的三个访客。

毕晓呈说:"哥,你不怕她跑啦?"

"怕啊,"毕晓星说,"但我也不能跟进去啊,人家女孩子的房子,我随便进去不是要流氓吗?不如你进去?"

"那我也是陌生人啊。算了,还是等她出来吧。"

三个人站在院子里,足足等了半小时。其间毕晓呈还怀疑李琪薇是不是真的逃走了,但哥哥始终无法下定决心去敲门。毕晓呈一直很崇拜哥哥,但此刻她却恨铁不成钢地对他说:"哥,你这样是不行的!我们过来是兴师问罪的,是来讨回被欺骗的公道的!你这搞的,好像是来提亲一样!"

"你瞎说什么!"毕晓星虽然语气严厉,但微微发红的脸颊出卖了他的想法。

正说着,屋门被推开,李琪薇走了出来。

她洗去了一身疲倦,随意地换上一身长裙,院子口的灯光映在她脸上,让她的五官泛着淡淡的金色光芒。

"咳咳,"哥哥回过神来,连忙转开目光,"你去了好久啊。"

李琪薇拿了三瓶可乐,一边递给他们,一边淡淡地说:"是吗?"

毕晓呈摆摆手,表示自己不渴。

元龙说:"谢谢。"伸手接过来。

哥哥直接拧开瓶盖,发出"滋"的一声,仰头一口喝完。

毕晓呈咳嗽一声,决定开始说正事:"我们来找你,是因为你上次用假记者证来套我哥哥的话。我们被你骗了!"

"关于这一点,我道歉。"李琪薇很干脆地说。

哥哥问:"那是为什么呢?"

"因为一个叫蔡斯尔的人。"

"蔡斯尔"这个名字一出口,二个人都悚然一惊。

毕晓星的表情冷下来,慢慢说道:"他不是已经得逞了吗,还派你来干什么?"

李琪薇眉头皱起:"派我?"

"对,派你来打听'小蓝瑚',你不是蔡斯尔的手下吗?"

李琪薇微微摇头,声音干涩沙哑,不知是工作一天累了,还是触动了伤心往事,说:"蔡家是我最大的敌人。我父亲的死,跟他们脱不了干系。"

"这到底是怎么回事？"听到她说父亲去世，毕晓星微微动容。

"你们先进来吧，"李琪薇深吸一口气，声音从苦涩中恢复，"我有东西给你们看。"

哥哥跟着她走进去，毕晓呈和元龙对视一眼，也进了屋。

一个独居女生的房子，屋里居然比院子里还要拥挤。毕晓呈一进门，就惊讶得张大了嘴巴。

整个客厅，立了四五面宽大的活动黑板，上面贴满旧报纸、星象图和打印出来的照片，就连地上也堆着小山般的书籍和文献资料。这哪是住人的客厅啊，明明是学校里那种工作狂教授用来搞科研的资料室！

"哇！这么多书！"

毕晓呈往地上扫了一眼，发现书籍大都跟天文学有关，贴在白板上的照片，也都是彗星、陨石和星系等。地上散乱的打印纸上，列着密密麻麻的公式，毕晓呈才刚刚初三毕业，捡起来一张，完全看不懂。

见他们满脸惊讶，李琪薇淡淡地说："这里只是一部分，两间卧室里的资料更多。"

"怎么都跟天文有关啊？"哥哥想起之前查到她读的专业，"噢，因为你是学天文的吧。"

"是的,不过我学天文也跟'小蓝瑚'有关。'小蓝瑚'最早确定发掘位置,是因为考古学家听到,渔民在渔山列岛那一带捕鱼时,偶尔能在渔网里发现一些古器,专家查阅文献,得出沉没的商船就在那附近。巧的是,我父亲在另一个地方捕鱼,也发现了同样的古器。我记得他告诉过我一些神秘的话,说什么要往天上看,要去宇宙中……"

哥哥问:"所以你就学了天文。那你爸爸为什么……会被蔡家害死呢?"

"为了找到那些他捞出奇怪古器的地方。蔡家人找到我父亲,让他开船带路,结果那一夜遇到风浪,蔡家人祸害遗千年,没有死,我父亲却死在了风浪中。那一晚过后,蔡家人就离开了,或许他们放弃了寻觅,又或许,我父亲用生命守住了秘密。"

哥哥叹了口气。

毕晓呈福至心灵,突然说:"你爸爸说得没有错!他找到的那个地方,下面的确沉了一艘船。只不过'小蓝瑚Ⅰ号'是商船,而你爸爸找到的那个地方,埋着的是一艘飞船,宇宙飞船。"

根据李琪薇的回忆,以及她这些年专注地研究天文资料所获得的结果,再加上前一阵和西西的往事,整个波光族的来龙去脉终于被毕晓呈拼凑完整。

数万年前,一艘从遥远星系出发的飞船,降临到地球。或许是为了探索,又或许是科考,总之,它们被有着勃勃生机的地球环境所吸引,从飞船里出来,在海中生活。它们由纯液体构成的身体更适应海洋,因此就再也没有回到飞船中。

沧海桑田,陆地和海洋变换,那艘飞船也从地面下沉到了海底,被覆盖,被掩埋。

后来波光族发生的事情如今已明了,而飞船则一直沉默着。李琪薇的父亲捕鱼时察觉到了飞船的蛛丝马迹,并预感这是天外来物。当然,这给他带来了厄运,也促使李琪薇后来朝着天文学发展。

"原来,很早以前,甚至还没有人类的时候,地球上就栖息着这样先进的生命……"

李琪薇慢慢地说着,眼中亮起微光,仿佛沉进了整个宇宙。

就在这小小的屋子里,波光族壮阔灿烂的历史被完全梳理清晰。那陈旧的天花板成了深远的宇宙,脚底铺满凌乱资料的地板则是浩瀚无际的海洋。毕晓呈看到了飞船从浩瀚星河中驶来,穿越亿万光年,落在野蛮荒芜的地球表面;再一低头,她又看到了波光族在海底建造的城市,宏伟的雕像，缤纷的海洋泡沫，还有精美的艺术创作……

大家都沉浸在波光族横跨星海的史诗征途中，良久回不过神来。

"唉，真是可惜，"毕晓星叹息一声，"这么伟大的种族，最后毁在了我们人类手中。"

毕晓呈纠正他："也不是所有人类，是蔡斯尔。他是坏人。"

毕晓星点头，又向李琪薇道歉："对不起，我原来以为你跟蔡斯尔是一伙的，还打算来找你问罪……没想到，你跟蔡斯尔之间的恩怨，比我的更久更深。"

或许是沉溺于往事，难以自拔，李琪薇有些怔怔的。看她眼角还带着微红，毕晓星也不好再多说什么，就拉着毕晓呈和元龙离开了。

回家后，毕晓呈做了个梦。

在梦里，她变成了身体晶莹剔透的波光族人，在宇宙间自由翱翔。

她见到了像旋涡一样盘绕的，以及如同蝴蝶翻飞翅膀的星云，还有浑圆的环状行星带……绮丽的景象，比在电影里看到的所有特效画面加起来都要震撼。

在梦中，她坐在飞船里，身边还有一个巨大的守护机器人。这是波光族母星派过来保护飞船的，看起来冰冷高大，充满威慑力。但实际上，这是个拥有文艺之心的机器人，会陪着她发呆，会播放不知道用什么乐器弹奏出来的音乐。那些乐曲，听着居然有一丝悲伤，想必在波光族的母星上，也有心思纤细敏感的艺术家吧。

"西西，别哭。"机器人总是说。

毕晓呈一愣，随即明白，在梦境里她化身为西西，不仅被守护机器人贴身保护，还能自由进入飞船里的所有舱室。这艘飞船构造复杂，等级森严，舱门都由厚重金属铸造，但只要毕晓呈开口，发出西西的声纹，所有门都会自动滑开。整个飞船，成了她的游乐场。透过舷窗，她对那些神奇壮观的宇宙图景目不转睛。漫长的旅途，一点儿都不无聊。

梦境里时间飞快。没多久，飞船就到了航程的尽头——地球。她一头扎进海洋里。

最深的海水里，荡漾着最远的星辰。

她早上醒来时，眼中已盈满了泪水。她抹掉眼泪，正打算起床洗漱，这时，一个念头在她脑海中升起。

这个念头令毕晓呈发出一声惊叫，威力不亚于她在梦里见到的恒星爆炸。

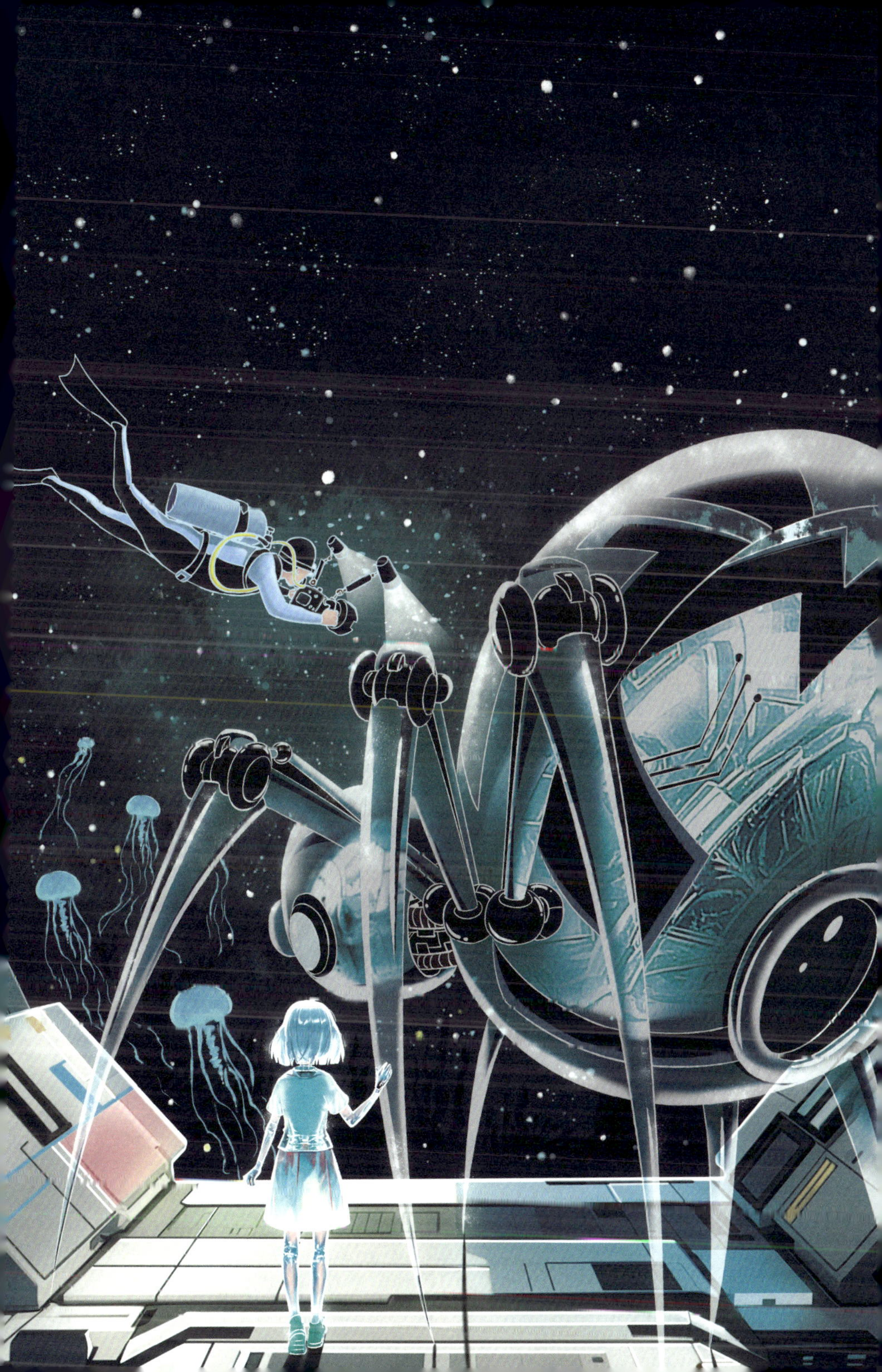

毕晓星

12 打捞飞船

"不可能！"元龙一听毕晓呈的计划，立马摆手说。

"不……不太有可行性吧？"哥哥听了她的想法，也犹豫道。

"这个计划……"欧阳爷爷听完后，沉吟着说，"很有想象力……"

面对质疑和犹豫，毕晓呈却一点儿都不沮丧，反而更兴奋地完善了自己的想法："是的，我真的想得很清楚。薇薇姐——哦，就是前几天骗了哥哥的那个'女记者'，她对波光族的研究很深入，如果我们根据她父亲捕鱼的地点去寻找，肯定能找到飞船当年落进海里的位置。而且我猜那地方就在东海，应该离我们这里不远。那么，只要找到飞船，里面有波光族科技，说不定就可以对抗蔡斯尔，把西西的族人们救出来，避免波光母星的族人跟地球开战。"

"等一等，"哥哥忍不住打断她，"我补充一下，薇薇那不叫骗我。我们都是蔡斯尔的敌人，那叫共享情报。"

毕晓呈不理他，继续对欧阳爷爷说："请您批准水下打捞项目。"

"你还小，可能不太理解，水下打捞项目非常复杂，而且耗时很长。'小蓝瑚Ⅰ号'的发掘在2008年就正式开始了,到现在还没结束。"

"我知道我知道,但是……"

然而,无论她怎么劝说,大家都觉得成本太高、难度太大,而且希望渺茫。最终,这个提议被否决了。

离开博物馆后,毕晓呈闷闷不乐地走在街边。

夜幕笼罩,一盏盏路灯次第亮起,把她的影子拉长又压短。

身后响起哥哥的脚步声。

哥哥快步走到毕晓呈身侧,然后放慢脚步。两人并行了一会儿,哥哥问:"怎么了,还不高兴呀?"

"你们怎么都这样呀?"毕晓呈的声音有些沙哑,"明明有可能成功的事情,就是不去做!"

哥哥想了下说:"因为,成年人做事情要考虑成本。"

"成年人真没意思!"

"成年人建立这个世界还是很不容易的。不过你说的没错,是没意思。"哥哥说:"我不想劝你理解,我就是想知道,你为什么对这件事这么执着?"

毕晓呈停下了。

一辆公交车驶过两人身旁,掀起的风扑在毕晓呈脸上。

或许是风中带沙，毕晓呈的眼睛一下子红了，嘟囔着说："我想弥补嘛。"

"弥补什么？"

毕晓呈声音嘶哑，说话都有点断断续续："我老是在想，当初要不是我那么信任蔡斯尔，带他去找波光族的海底城，那些波光族人也不会被抓走。"

"蔡斯尔这种坏人，有钱有手段，即使不通过你，他也会找到其他进入海底城的方法的。"

毕晓呈鼻子有点酸，手抹了一把眼睛，"如果他是找别的办法，我不知道就算了。我试着骗过自己，但没有用，我每晚都会做梦，梦见西西它们围绕着我，在哭……那么伟大的种族，是因为我而被坏人囚禁的……"

说到后面，她失声痛哭。

哥哥想安慰她，拍了拍她的肩膀，却什么话都说不出来。后来毕晓呈哭得肩膀一抽一抽，干脆蹲下来，哥哥也蹲在一旁。

车流如梭，车灯照在毕晓呈身上，一会儿明亮，一会儿黯淡。

毕晓星突然站起来，说："你先回去，等我消息。"

"等你什么消息？"毕晓呈抽噎着问。

他却没回答，转身走回博物馆。这一晚，毕晓星没回家。

第二天上午毕晓呈乘公交车来到博物馆时，才看到满眼血丝的哥哥。

"哥，你怎么没回家睡觉？"毕晓呈担心地说，"你刚刚出院，医生嘱咐过，让你多休息的。"

哥哥打了个哈欠，揉揉眼睛，很疲惫的样子，但他一见到毕晓呈，脸上满是开心的笑容。"跟我来，"他拉起妹妹的手，走向会议室，"这个会议必须让你知道。"

"什么会议啊？"毕晓呈嘟囔着，显然对开会没什么兴趣。

"新水下考古项目的讨论会。"

"新项目？跟我又没关系……"

"你先看看项目的名字。"哥哥从桌上一堆打印好的资料里抽出一份，递给毕晓呈。

"'天……天帆'号沉船考古发掘……"毕晓呈犹豫着将资料上的名称念了出来，"'天帆'号是什么船？"

哥哥安静地看着她。

在他通红双眼的注视下，毕晓呈心里一惊，胸膛里"咚咚"打鼓。她连忙低头，快速翻阅手中的打印纸。在这沓资料的第二页，详细介绍了"天帆"号。

"是的，'天帆'号就是波光族乘坐的飞船的名字。我取的。"她还没细看，哥哥就在一旁解释。

毕晓呈明白哥哥的意思了,手都在抖。

哥哥拍拍她的肩膀,在她说出"谢谢"前及时阻止了她,说:"咱俩就不说客气话了。先坐下吧,我邀请了专家来研讨,还不一定通过,但我准备了一晚上,我会努力说服他们的。"

幽蓝潜水俱乐部的多位资深研究员走了进来,还有不少专家通过网络参与了视频会议。接下来整整一天,这个小小的会议室里充斥着争论。

这是港口博物馆第一次对宇宙飞船进行水下考古发掘,大家当然都很慎重。

毕晓呈坐在门外等,一直等到天黑,才看到哥哥出来。

"怎么样,他们同意了吗?"她迫不及待地问。

哥哥说:"同意了,但没完全同意。你别皱眉,大家都在慎重考虑……总之,这个项目还没有正式立项,但他们同意我们使用幽蓝潜水俱乐部的装备和少部分人力。"

"也就是说,可以行动了?"

"对!"哥哥的眼睛充满血丝,但又异常明亮。

李琪薇照旧拖着疲惫的身躯回家,还没走进那条小巷,就看到了并肩而立的毕家兄妹。

"在等我?"她扬了扬眉毛。

毕晓星说:"吃个宵夜?"

"好啊,正好饿了。"李琪薇笑了,"这里有家烧烤不错。我从小吃到大。"

三个人在几条街之外的烧烤摊上坐好。三人都忙了一天,肚子里空空荡荡。尤其是毕晓星,食欲大开,点了好多菜。

烧烤摊老板特别高兴,一边哼着歌一边烤着海鲜和蔬菜。烤好一盘,就赶紧端到三人的桌上。

不一会儿,桌上就摆满了菜盘。

毕晓呈馋得口水都快流下来了,一抬头,却看到哥哥和薇薇姐都端正地坐着,也不知道在想啥,都没说话。

"可以吃了吗?"毕晓呈问。

哥哥点头:"你先吃。"

毕晓呈立刻把那盘烤鱼端到面前,闷头大吃。

毕晓星和李琪薇依旧没有动筷子,前者欲言又止,后者气定神闲。一直到最后一个菜端上来,李琪薇才开口:"说吧,这一桌子菜,分量太重,什么事情都可以说了。"

毕晓星点头:"我想邀请你加入我们,打捞古船。"

"这不是我的专业。"

"古船的定位需要你的专业。"

"人文?"

毕晓星表情郑重："是的，以及你对你父亲的记忆。因为要从深海打捞的船，是一艘宇宙飞船。"

李琪薇的眼睛一下子亮起来。毕晓呈抬起头看她，发现她的表情跟今天早上的自己一模一样。

毕晓星向李琪薇解释"天帆"号打捞的计划。她听得很认真，不时打断毕晓星的叙述，详究一些细节。等他们聊完，满桌菜已经凉了。

"老板，"李琪薇熟练地抬手招呼，"再热一遍。"

等一桌菜热好，毕晓星和李琪薇就再也没有说话，两人各自闷头大吃，毕晓呈看得目瞪口呆。待他们吃完，哥哥站起来结完账，李琪薇也起身擦嘴。

"明天我去请假。"李琪薇说。

"谢谢你。"

1987年以来，水下考古在中国发展很快，有过不少显著成果。而对水下的飞船进行考古，就算在全世界也是首次。

好在有欧阳爷爷给这次"天帆"号打捞作背书，加上幽蓝潜水队多年来为深海作业储备的经验和先进装备，事情进展得很顺利。李琪薇加入后，利用天文定位技术，并与航海图一一对应，没过几天就确定了"天帆"号当初沉海的坐标,巧的是,飞船就在宁波南边一个叫朱家尖岛的岛屿附近。

"'天帆'号是远古时代沉入海洋的,沧海桑田,这期间经过几次地质板块移动,最终停在这里。"李琪薇指着地图上的一个小点,解释道:"我父亲也是在这里下海,见到海底放光的。"

哥哥点头说:"是啊,在遥远的过去,我们宁波也是一片海呢。"

既然确定了地点,发掘工作就迅速展开了。由于这个项目太过离奇,前期参与人员不多,只有幽蓝潜水队在打前哨。毕晓呈虽然很想亲眼看看,但毕竟自己才拿到潜水证不久,又没成年,下水太危险了。

哥哥见她满脸不高兴,想了想说:"现在技术发达,我们在寻找'天帆'号时,头上会戴水下摄像头。信号可以实时传输,你就坐在指挥舱里,也能看到海甲面的一切。"

毕晓呈只能答应。

等哥哥和几个同事下水后,毕晓呈、元龙和李琪薇坐在轮船上专门设置的指挥舱里,通过显示屏从哥哥的视角观看。

不愧是幽蓝潜水俱乐部,设备可真先进,透过显示器,毕晓呈他们感到自己似乎真的从海面一直潜到了海底。鱼群、水草，还有奇形怪状的石头在屏幕上不断地掠过。

然而一连好几天，显示器上都只是些这样的画面。

刚开始李琪薇还兴致盎然，表情也很紧张，但随着时间流逝，她不禁困惑起来："怎么还没找到？"

元龙安慰她说："先不要急。水下考古一般都很漫长的，前期寻找，有时候要花几年时间呢。"

李琪薇说："我知道，但这次，定位已经很准确了……"

毕晓呈在一旁看着，其实能理解李琪薇的心情——定位是她负责的，她的压力当然很大。不过这也说明薇薇姐是个有责任心的人。她刚要开口说话，屏幕上突然一闪，出现了一道白光。

毕晓呈连忙按下通话键，跟远在海里的哥哥连线道："你刚刚看到了吗？"

"什么？"

"在你的右下方，好像有什么金属在反射你的探照灯光。"

"可是金属探测器没有发出信号。"

"去看看嘛。"毕晓呈还是坚持说。

哥哥"嗯"了一声，向下游去。这里淤泥很厚，奇石丛生，还有向上招摇的带状海草，视野非常受限。哥哥用手扒拉了几下淤泥，又用金属探测器在四周测了测，一无所获。"的确什么都没有。"哥哥说道。

毕晓呈也怀疑自己是不是看错了,就没再说话,但哥哥刚转过身,想回到船上换氧气瓶时,一根墨绿色的水草被他转身带动的水波扰动,扭了下,露出了它本来盖住的一截尖状物。

哥哥伸手把那个尖状物上的泥沙抹掉。随着一抹亮银色在海底出现,哥哥的眼睛也亮了起来。

海面上,轮船的指挥舱里,毕晓呈的眼睛也睁圆了。

"薇薇姐,"毕晓呈吞了口唾沫,声音有点紧张,"我们可能找到'天帆'号了。"

在尖状物上做完标记后,哥哥和三个同事先回了一趟船。他们一爬上甲板,毕晓呈等人就急忙靠近,一边帮他们换氧气瓶,一边问情况怎么样。

哥哥喘着气说:"应该是。那个尖状物看着像金属制品,但我们的仪器探测不出来,很可能是某种特殊材质。这符合'天帆'号来自外太空的推测。"

"太好了!"毕晓呈高兴地说,"薇薇姐的定位果然没有错!"

李琪薇满脸微笑,说:"你们都探了几天了,很辛苦吧,要不等会儿再下水?"

毕晓星对她笑着摇头道:"抓紧时间吧,我也很好奇这飞船里有什么。"

氧气瓶换好后,毕晓呈给信号发射器换了电池,确认万无一失后叮嘱哥哥:"安全第一!我跟欧阳爷爷说了,他正在赶过来。"

哥哥和同事们从小船下水,这回直接潜到之前标记的地方。他们顺着尖状物清理,淤泥之下,果然全是厚重的飞船外壳。

这艘飞船被掩埋在海底数万年,竟然没有锈蚀或腐坏,更神奇的是,整个船体严丝合缝,完全没有进入的通道。

毕晓呈想起在梦境中乘坐波光族飞船经历的漫长旅程,那时她化身为西西,在守护机器人的陪伴下,只需要说话,所有的舱门都应声而开。而现在吊坠在她自己手里,西西能在强压下苏醒,只要它开口说话,会不会所有的舱门便能应声而开呢?

她连忙把这个想法告诉哥哥。

于是哥哥又返回船上,拿着吊坠下海。他将吊坠贴近飞船外壁,果然,吊坠里传出低声絮语,飞船里也响起"咔咔"的转动声。这转动声刚开始听着还很生涩,但很快就流畅起来。随即一股巨大的波动在海底扩散开。泥沙震动,海草被扯断,过了好久,四周被搅动得浑浊的海水才澄澈下来。

经过这么大的震动，小半截飞船已经露出身影。哥哥凑近，边抚摸着飞船外壁边往下游，在海底的一个凹陷处找到了一扇开着的门。

这扇门只有一米长半米宽，说是门，倒更像是一扇窗。神奇的是，这里被一道蓝盈盈的光包裹着，隔开了水与空气。哥哥试着向这道门伸手，穿过蓝色光罩，里面的确没有被海水重重包围的粘滞感，触感很轻，也很冷。

"我在海底城见过这种防护罩，"毕晓呈在屏幕上看到了这一幕，说，"这是波光族的科技。我们没找错，就是这艘飞船。"

于是哥哥摆动身体，从这扇门游进去。

门里面是全新的世界。

毕晓呈在显示器前，也睁圆了眼睛。她盯着画面里那些锃亮的金属舱道和墙壁上的花纹，觉得很熟悉——是的，她曾在梦中经历了波光族从宇宙深处进入地球海洋的旅程，其中大多数时间她就在飞船里待着。梦中见到的飞船场景，跟哥哥此时通过摄像头传回来的画面一模一样！

看着看着，一滴眼泪从她眼角滑落。

"找到了吗？"一阵老人的声音传来。

毕晓呈回头，看到欧阳爷爷正从甲板的楼梯上走下来，表情难得地有些激动。

"是的，他们根据薇薇姐的定位找到了'天帆'号。"元龙起身，向欧阳爷爷介绍现在的情况，"刚进飞船，这是学长的视角，他正在查探飞船内部。"

欧阳爷爷凑到屏幕前，眼睛眯成了一条缝。他看得很仔细。这是人类第一次接触地外文明的影像资料，即使是见多识广的欧阳爷爷，也感到新奇。

哥哥和三个同事沿着飞船的舱道往下走，用那串吊坠能把所有的舱门都打开。大多数舱里都是一些奇怪的仪器，哥哥只能大致判断哪些是发动机，哪些是平衡器。

"这都是远超人类科技水平的机器，而且保存完好。"欧阳爷爷激动得胡子颤抖，眼睛都要贴到屏幕上了，"如果能顺利发掘，逆向研究这些科技，对我们整个社会的进步都有很大作用！"

毕晓呈听得心潮澎湃，但冷静下来后，还是有一个顾虑："要研究这些科技，是不是得经过主人的同意啊？"

"主人？"欧阳爷爷思索着说，"但现在飞船里没有波光族。"

哥哥显然也早有预感。"天帆"号内部有这么多金属廊道和大大小小的舱室，搜寻半个多小时，他像是走在一座荒芜多年的古老城市里，虽然遍布珍宝，却毫无生命迹象。空旷之中带着诡异。

毕晓呈提醒哥哥："飞船很大，要小心一点。"

"嗯，"哥哥又打开一扇银白色的舱门，"目前为止一切正常。"

由于"天帆"号实在太大，他们要找传输器，只能分头行动。哥哥离开机务舱，继续往下，路过了一排供波光族人休息和玩乐的大型游乐区，再往前，就看到两侧墙壁上的花纹装饰变得密集，颜色也更缤纷。

这种变化，预示着前方是科技等级更高的区域。

说不定，就是舰长室或舰桥。

哥哥喘口气，紧张起来。他走过长长的廊道，两旁精美的雕饰不仅起美观作用，也描摹出了波光族漫长的发展历史。哥哥边走边用摄像头记录，传到船上的指挥舱里。"这是珍贵的资料，"欧阳爷爷的胡子微微颤抖，"以后要慢慢研究，对人类了解外星文明有巨大帮助。"

哥哥也点头说："是啊，地球是人类的摇篮，但人类不会永远生活在摇篮里。如果人类以后要踏入宇宙，成为多行星物种，那么参考波光族的文明兴衰之路，的确是必要的。"

"这次水下考古的发现，完全能载入史册。"

哥哥正要附和时，前方突然传来一声低吼。

哥哥站住了。他在"天帆"号里搜寻了很久，船上一直是空空荡荡的，耳边能听到的只有脚步声。但现在，前方的舰长舱里，回荡着低沉、压抑的吼声。

屏幕前，欧阳爷爷和毕晓呈他们都紧张起来，毕晓呈抢着开口："哥哥，前面有东西。"

哥哥小声说："听到了，是什么呀？"

"不管是什么，"欧阳爷爷说，"在这艘沉没了几万年的飞船里，出现能活动和能发声的物体，都要小心。"

哥哥站在通道的尽头，面前是一扇接近十米高的巨门。凭着直觉，他知道里面就是整艘飞船最重要的区域，能联络上波光族母星的装置，多半也在里面。

"嗷嗷……"吼声突然从坚实的门后传来。整个飞船都在微微颤抖。

"先回来吧，"毕晓呈有一丝不妙的预感，"哥，回来想想办法再进去。"

但哥哥已经举起吊坠，靠近了大门的感应区。"滴"，门上下一震，缓缓向左滑开。

门后面漆黑一片。

吼声骤然逼近，黑暗中，好几双红色的眼睛亮了起来。

下一秒，视频信号传输就中断了，屏幕上，映出毕晓呈满是错愕的脸。

哥哥出事了!

这是毕晓呈脑中唯一的想法。她立刻起身,跑到甲板上,手脚麻利地穿上一套潜水装备。

元龙紧跟着,急道:"你不能下去!"

"我哥哥在下面出事了,我怎么能不下去?"

"太危险了!不能贸然下水!"

"那怎么办?干等着吗?"

"欧阳爷爷已经联系了馆里,正在派人过来,等大部队到了,可以派更多人下水去查探。"

毕晓呈连连摇头:"谁也不知道水里面的情况,多过一分钟,就多一分危险。"

元龙还想再劝她,但看到毕晓呈的表情,便沉默了几秒,也拿起潜水装备往自己身上套。毕晓呈停顿了一下,什么也没说。

他们动作很快,欧阳爷爷和其他工作人员还没追出来,两人就跳下了水。

这是他们第一次潜到四十米以下的深度,因此格外小心。来到"天帆"号底部后,元龙先借之前在屏幕里看到的画面,回忆路径,找到了飞船光罩入口。两人从这个小口爬进去，摘下呼吸器，一股清凉的空气涌进肺腑。

"走吧，"元龙说，"我记得学长走过的路，我们直接追过去。"

元龙的记忆力的确很好，带着毕晓呈径直跑向舰长舱。幸好哥哥已经用吊坠开过了门，这一路畅通无阻。等他们赶到那条宽阔的甬道尽头前，里面一片漆黑，低低的吼声从黑暗里传来。毕晓呈没有犹豫，径直走进去。

一个比黑暗更深沉的身影俯视这两个来客。哥哥就躺在不远处，一动不动。

"守护者？"毕晓呈犹豫着叫出一个名字。

灯光亮起，一个五米高的蜘蛛形机器人耸立在面前。晓呈记得它。在她化身为西西的梦里，她乘坐飞船穿越星海，整个过程中，她经常跟守护飞船的机器人并排站在橱窗前，远眺旋转的银河系。

守护者盯着毕晓呈，眼睛里的红光渐渐熄灭。它走过来，慢慢蹲在毕晓呈面前。

它蹭了蹭毕晓呈的腿。这一瞬间，它不再是威猛的机器人，而像一只苦等了主人数万年的小猫咪。

守护者对毕晓呈格外温柔，或许那一场梦境，在波光族的科技作用下，是真实发生过的。它也敏锐地嗅到了那一串吊坠里有西西的气息。西西呼唤它，它蹲伏下来，高大的身体凑近哥哥胸前的吊坠，守护者头顶的蓝色按钮一闪一闪，看不见的波动在周围萦绕，哥哥的呼吸逐渐平稳，很快就睁开了眼睛。

"好久不见。"西西说。

守护者发出类似呜咽的声音。过了一会儿，它停止动作，发出的声音变得急促。

毕晓呈听出他们在交流，问："它说什么？"

西西说："它要救我出来。"

毕晓呈大喜："那太好啦！这个吊坠是蔡家用来束缚你的，用的是你们波光族的科技，人类打不开，守护者肯定能！"

西西却说："不，我不出来。"

"啊？"毕晓呈问，"为什么？"

"我的族人还被坏人关押着，我独自出来，于我而言不是自由，而是更大的囚牢。"

西西温婉善良又坚毅勇敢，它决定的事情毕晓呈再怎么劝也没用。守护者见西西如此执着，也在原地思考，过了几分钟，它的身体突然开始折叠。"咔咔咔"，元件交叠，外壳逐一内陷，这个高达五米的巨型机器人，居然把自己压缩成了一块只有指甲盖大小的芯片。毕晓呈盯着地板上那块微微发光的芯片，还没弄明白是怎么一回事，就听到西西的一声叹息。

"唉，你真是黏人。"西西说。

毕晓呈问："怎么回事？"

"它把自己缩小了，放心，它的身体是特殊材料铸造的，即使压缩成这么高密度的，也很轻。"西西说："你把它捡起来，放在吊坠上，它会慢慢跟吊坠镶嵌在一起。它想一直陪着我。"毕晓呈连呼神奇，并依言照做，果然，芯片镶嵌进了吊坠里。

得到守护者的认可之后，他们对整个"天帆"号的探索就变得异常顺利。守护者释放出全息影像，显示出"天帆"号的正式版立体图，包括整个飞船的格局和不同舱室的名称用途。之后，毕晓呈就跟哥哥和元龙一起在飞船里探索，这里不仅有大量波光族的高科技，还有好几艘能飞的中小型飞船，操作方式都在守护者的芯片里，它愿意告诉晓呈，晓呈也愿意分享给大家。

"那，接下来咱们要做什么？"元龙是科技迷，被这些堪称神技的科技迷住，好久才回过神来。

毕晓呈眯着眼睛，视线仿佛穿过了飞船，穿透地球，落到了遥远异乡的某个人脸上。"接下来，"她缓缓说道，"就要看蔡斯尔什么时候上钩了。"

13 时空穿梭

蔡斯尔回到美国后,很长一段时间里都非常兴奋。

他抛售了自己的资产,短时间内获得大量现金,招募全球最厉害的科学家,在他的私人实验室里研究波光族的科技。那些超越人类理解范围的科技就像汪洋大海,哪怕是靠地球上顶尖的大脑,也只能攫取其中一两瓢水。

但哪怕只有一两瓢,也够了。

很快,两项重大的技术被逆向复制出来。

一项是基因编辑。正好可以利用他们从幽蓝潜水俱乐部夺取的东海巨蟒的基因数据,将之进行胚胎培育。经过快速发育,一条蟒蛇在短短一周内就长到十几米长,且性格凶猛。除了被设定为主人的蔡斯尔,这条蛇对谁都会亮出骇人的尖牙。

而另一项,更为惊世骇俗。

蔡斯尔站在实验室里,周围全是穿着白大褂走来走去的科学家。他凝视着巨大玻璃罩内的仪器。

那些特制金属和复杂的线缆,放出电弧,在空中勾勒出一道椭圆形光圈。

"蔡先生,"首席科学家告诉他,"正如您所预料的,波光族科技里很重要的一部分,就是对时间和空间的利用。目前,我们已经解析出了时间旅行技术。"

蔡斯尔问:"现在就可以穿梭时空了吗?"

"还在试验阶段,为了安全,得等验证成功后才能正式使用。"

蔡斯尔面色阴沉,说:"时间不多了,得加快速度。"

"科学是不能急的……"

蔡斯尔转头看向这个胡子泛白的科学家。在他的目光下,科学家先是疑惑,继而胆怯,倒退一步之后,说:"我们会尽量的。"

"不是尽量,是必须。"

在蔡斯尔的威逼利诱下,研究进展快速取得突破,光弧组成的圆圈里,渐渐浮现出光影幻象。"这就是时间另一端的景象。"科学家向蔡斯尔解释,"我们现在已经可以通过波光族科技,观测到其他时间点的景象。"

"只能看吗?"

科学家一愣,说:"也能进行简短的交流,但是跨时空维度的交流容易引发蝴蝶效应,在彻底弄清楚这套科技之前,我们暂时不建议直接跟其他时空的人产生交流。"

蔡斯尔却像没听到似的:"打开时空隧道,我要寻找一个人。"

科学家犹豫着说:"恐怕现在还……"

他的话没能说完,因为蔡斯尔身边穿黑西装的手下掏出枪对准了他。

"现在你应该知道,我不是在开玩笑了吧。"蔡斯尔阴险地说。

实验室里所有的科学家都惊恐地看向蔡斯尔。他们来这里,其实也并不全是为了高薪,而是被蔡斯尔半骗半威胁过来的。

蔡斯尔继续说:"实话告诉你们,地球的好日子没几天了。我抢夺波光族的科技,已经触怒了它们,它们从母星过来向地球报复只是时间问题。地球没有明天了。"

所有人的脸上顿时蒙上一层阴影,互相看看,又惊又疑。

"但各位是幸运的。"蔡斯尔指向实验室中间的玻璃罩,圆形光晕在里面流转,"只要能打通时空隧道,我们就能回到久远的过去。凭我们的技术,还有利用波光族晶片大批量制造的武器,再加上蔡家的势力,我们可以在最合适的时代建功立业。而各位,可以带上家人,跟我们一起去往历史之中。未来没有希望,过去则生机勃勃。"

不仅是在场的科学家们,追随蔡斯尔已久的手下们也面面相觑。蔡斯尔环顾一圈,打量每个人的表情。

很快，就有了第一个举起手的人："我愿意追随您，去往历史。"

其余人也很明白，蔡斯尔貌似在聆听大家的选择，但其实并没有给出后备计划——他是不会让得知了这个重大秘密的外人活着离开这里的。于是他们纷纷点头。

首席科学家也叹了口气。他是不愿意贸然打开时空隧道的，但他还有家人。他问："那，蔡先生您想打开哪里的时空隧道呢？"

蔡斯尔说："时间设置到1804年4月13日子时。"

随后，他又念出一段十分精确的经纬度坐标。他念得十分流畅，显然已经在心里背过不知道多少遍了。

首席科学家把这些参数输入电脑。随着一阵令人牙酸的嗡嗡声，玻璃罩子里，竖起的大型光圈开始变形变色。

它像一扇拱门，色彩在红、绿、蓝之间变换，跟嘉年华门口的灯条差不多。但诡异的是，仿佛有无形的手在揉搓着这道光门，让它时而浑圆，时而被捏扁成椭圆形。

门的中心，有一粒光点在游离。光点越来越多，组成了色彩缤纷的图像。

蔡斯尔看清了，图像中间，是一个高大的着古代服饰的男人。

公元 1804 年 4 月 13 日，子时。

忙碌了一天的蔡千在软榻上躺着。

作为将东海搅得鸡犬不宁的海上巨寇，蔡千今年四十三岁，正值壮年。这一年是他势力达到巅峰的一年。面对朝廷围剿，他诡计多端，不仅重创朝廷兵力，还收编船只和俘虏，扩充了自己的实力。前一阵，他将兵力集中在鹿耳门，巩固了阵线，其余海盗慑于他的威压，纷纷投诚。

他又用搜罗来的财宝，去贿赂沿海的官员，得到了很大的好处。

这一连串喜事，让他即使在深夜，也兴奋得难以入睡。

他睁大眼睛，看着黑暗里的窗外，脑中盘算着如何扩大版图，成为真正的海上霸主。

大海之主……一想起这个称号，以及沿海所有渔夫和岛民都匍匐在自己脚下的场面，蔡千就热血沸腾。

他干脆爬起来，打开窗，俯视远处缓缓起伏的海洋。

这时，他身后出现了一粒蓝色光点。

光点越来越多，像是蝶群飞舞，渐渐围成一个圆圈。

空气中还有"滋滋"的声响。

蔡千被声音惊动，转过身，讶异地看着房间里的异象。他纵横东海多年，见过狂风海浪，斗过海中巨兽，怪异天象也是家常便饭。但空气中光蝶舞动，连成椭圆形门扉，这场景他还是第一次见到。

紧接着出现的景象更超乎他的常识。

门里出现了一个人影。

蔡千抓起桌上那柄镶金嵌玉的宝刀，缓缓抽刀出鞘，寒光照亮了他的眼睛。

人影越来越清晰。

刀刃被完全抽出来，卧室里冷气逼人。蔡千不仅有手中的宝刀护身，桌子边也有一处机关，只要扣下去，门外的几十个护卫就会立刻冲进来。

这些护卫都是他精挑细选的，其中有海盗，还有山贼，每个人身上都背着人命，都是刀口舔血的亡命之徒。只要蔡千一声令下，无论是谁，都会被他们用乱刀砍死。

蔡千的手指向机关伸去，正要按下，又停住了。

因为这人影虽然飘飘忽忽，如隔云雾，但五官……似乎跟自己很像。

蔡千皱起眉头，提刀走过去。

门里的男人也看着他。

"刺客？"蔡千问。他留意到，这个男人跟自己差不多高，五官相似，看着他就像在照一面模糊的镜子，但男人身上的衣服怪异，漆黑笔挺，看起来硬邦邦的，完全没有自己身上的这身袍子来得舒服。

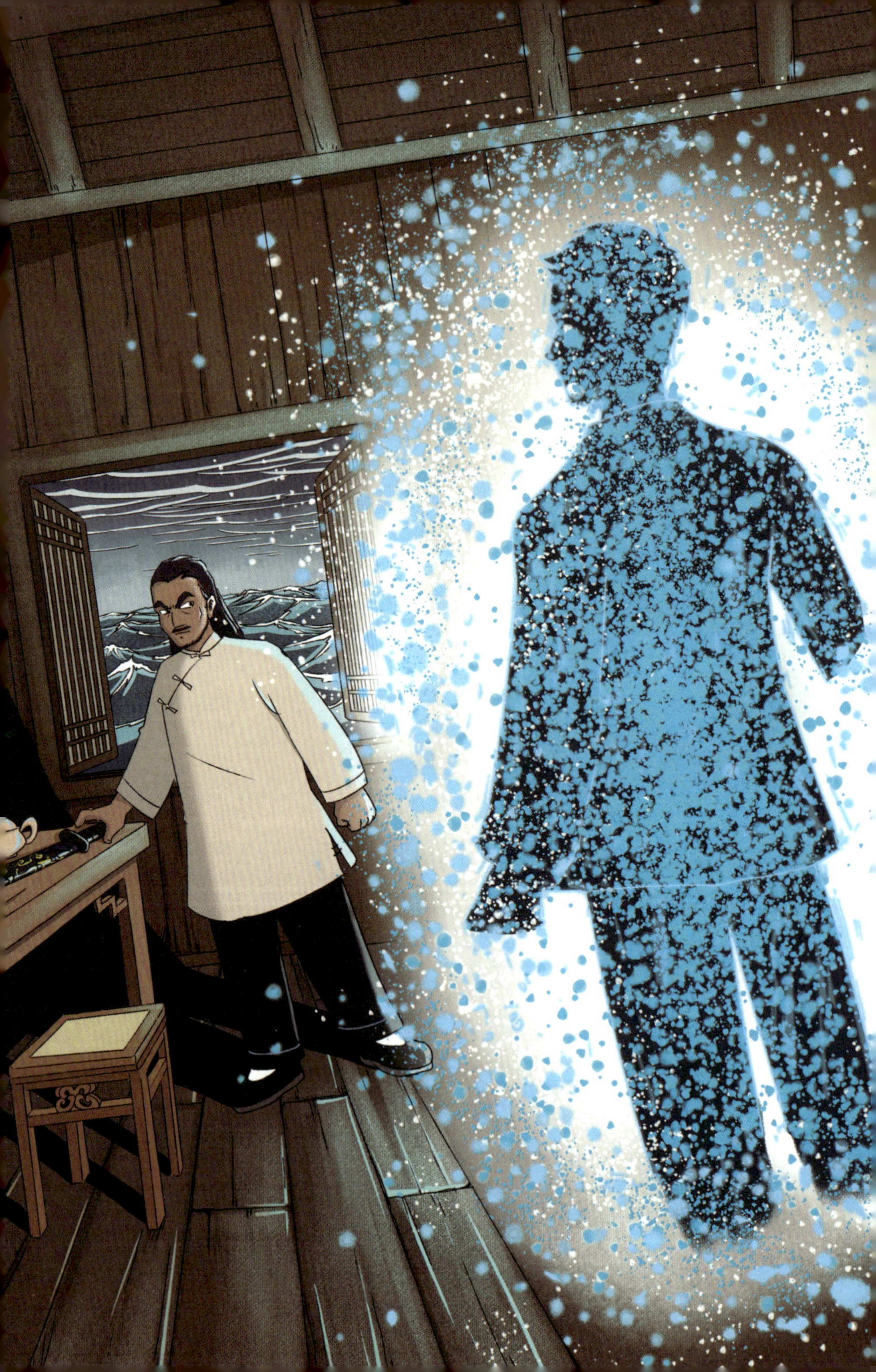

这个男人，就是蔡斯尔。

时空门扉里的蔡斯尔，也在仔细打量蔡千。

隔着两百多年的悠长岁月，他们对视着。

"我终于见到你了，"蔡斯尔缓缓说道，"家族里，一直流传着你的遗训，你让我们来找你。"

"我？"蔡千思索片刻，摇头道，"一派胡言。"

"不是现在的你，是以后的你。"

蔡千皱起眉头。

"在我长大的过程中，你的遗训一直在我耳边响起，甚至，它变成了某种诅咒。我在很多个晚上梦见你，小时候那些梦都是噩梦，我每晚都是哭着醒来的。等长大了，我渐渐敢在梦里跟你说话。这些梦影响了我。我查过你的很多资料，有人夸你隐忍，有人批评你暴虐，无数种形象……直到今天，我才见到真正的你。"

蔡斯尔这番话如同絮语，与其说是讲给蔡千听的，倒不如说是讲给他自己听的。是的，漫长的岁月里，蔡斯尔的爷爷和父亲一直谨记蔡千的遗训，一直在传诵蔡千的威名，使得寻找蔡千成了他的执念。尤其是爷爷，总说蔡家这么多后辈，蔡斯尔是最像蔡千的，所以当他对大海产生畏惧时，爷爷勃然震怒，逼他下水。为此，也连累了他的妻女。

现在，蔡斯尔见到了真正的蔡千。

两行眼泪从蔡斯尔眼角淌下。

蔡千却听不懂他的话，有几分迟疑，然后提防地后退。

蔡斯尔抹掉眼泪，揉了揉脸，让脸颊上挤出一抹笑容，说："你放心，我不是来害你的，我是来帮你的。"

蔡千也笑了，不过笑得更张狂、大声。

"你知道我是谁吗？"他一刀砍向光圈，将蔡斯尔的身影斩为两段，"我堂堂镇海王，需要你的帮助？"

蔡斯尔连眼睛都没眨。

光蝶纷乱飞舞，又很快再度组合成他的身体。

"我当然知道你是谁，"蔡斯尔依旧保持着微笑，"你是蔡千，你是贼寇。我还知道，你命不久矣。"

"大胆！"蔡千暴怒，又是一刀砍下。

光影中蔡斯尔的身体再次复原。他们隔着时空交流，只能看到波光族科技营造出的影像，无论刀砍还是火烧，都影响不了对方。

蔡斯尔继续说："我没有骗你。你现在权势滔天，但这只是假象。五年后，你就会遭受灭顶之灾。这无可避免，只有我能救你。"

蔡千从怒火中冷静下来。

他能混到如今的地位，靠的不是一腔孤勇，而是脑中的谋略。他知道眼前这个人不同寻常,而且跟自己有一种天然的亲近感。于是他斟酌了一下,问:"你要救我……原因是什么呢?我不信世上有无缘无故的好事,何况,我并不是个好人,不该有上天眷顾。"

"你是我的祖先。"

"祖先?"

"准确地说,我是你的嫡系子孙。"

蔡斯尔还想再说,但光圈一阵抖动,光影溃散,玻璃罩里只剩清冷的空气。

"怎么回事?"蔡斯尔眼角抽搐了一下,表情骇人。

科学家颤抖着解释道:"这只是第一次时空试验,能跟过去的人交流已经在意料之外了,能量没法维持太久。"

"连交流都不能稳定,更别说我们直接往两百年前运送物资了!你别忘了,我要的是肉身穿过时空隧道,如果还不稳定、还有危险,第一个出事的就是你。"

科学家脸上沁出汗珠,连连点头。

这之后,他们对时空穿梭技术的研究越发紧锣密鼓。这项从海底城掠夺来的科技博大精深,超越了当代科技水准,给了科学家们很多启发。再加上蔡斯尔不计成本的资金投入,很快,更稳固的时空隧道被搭建出来。

蔡斯尔一直待在实验室里,一方面是监工,另一方面是迫不及待地想尝试使用时空隧道,跟蔡千恢复联系。

在后面的几次交流里,他向蔡千展示了自己的实力,并将计划如实告之。

"你是说,你要给我运武器和人力过来?"蔡千饶有兴趣地看着自己的子孙,"扩充我的力量?"

蔡斯尔知道他不信,招招手,手下立刻抱过来一支手持脉冲炮,另一个手下则用推车把一块半人高的岩石运到玻璃罩外。

蔡斯尔挥挥手,似乎不想碰武器,那人便扛着脉冲炮在岩石外十米处站着。

"如果想把这块石头砸成粉末,你们会用什么办法?"蔡斯尔对着光圈里的蔡千问道:"又会花多长时间?"

蔡千凝视良久,说:"捆绑百斤炸药,一个时辰即可,但炸药难得,碎石不值。"

蔡斯尔点头,随即向身后的手下招手道:"让尊敬的先祖看看,现代科技已经能做到什么地步。"

几个手下搬来高强度玻璃箱,将巨石围在里面,只留下一个直径半米的圆口。随后,他们远远避开。

持着脉冲炮的手下则将炮口对准圆口,扣下扳机。

随着一声尖锐的啸叫,人眼无法捕捉的高频脉冲束从炮口窜出，穿过圆口，击中了玻璃箱里的巨石。

"轰！"

巨石碎成齑粉，在箱子里爆开。幸亏有高强度玻璃箱的保护，把巨大的气浪都困在里面，不然整个实验室恐怕都会被轰得一片狼藉。

蔡千震惊了。

蔡斯尔早已预料到这位先祖的表情，淡淡地说："这种效果，还过得去吧？"

蔡千隔着光圈看着巨石被砸碎，这超过了他的预期。更重要的是，他立马意识到这种武器要是应用于实战，无论对方的舰船多大，用一发炮弹，就能轰出一个窟窿。而且，若是他的每个士兵都能装备一支……

"哈哈哈！这比红衣大炮还要厉害啊！"蔡千忍住声音里的激动，"是怎么做到的？"

"这就是现代科技的力量，而且只是其中之一。我还有更多更强大的武器，一炮打碎石头不算什么，一颗炸弹能毁掉一座城，才是杀器。"

"这的确是改天换地的力量。没想到只过了两百多年，世界就会发展成这个样子。"

"科技就是这样的，一辈子舞枪弄剑，永远也成不了气候。"

蔡千脸色一变，盯着光晕里的后代。半响，他才笑了，说："别人跟我说这句话，下一秒就会死在我刀下，但你是我的子嗣，你这么狂傲，我反而有点高兴。"

两个男人相视一笑。

"我还有更好的消息。除了我所处时代的科技，我还把波光族的技术也带过来了。"

蔡千问："波光族又是什么？"

"这跟你还有点关系，"蔡斯尔说，"总之，我们很快就会相聚了。"

"欢迎你们。"蔡千想了想，又问出一个问题，"不过，有个疑虑一直让我困扰。你的实力我已经见识到了，我期待与你相会，我们会成为无敌的组合。但这种实力，是得益于你的时代，万一你的时代有其他人也打通了时空隧道，带着更多的武器来帮我的敌人，那时候该怎么办？"

蔡斯尔摇头："不可能会有其他人再打通时空隧道了，波光族的科技被我独占，再加上，这个世界即将毁于由波光族母星发动的星际战争。"

蔡千沉思着，还没开口，站在蔡斯尔身边的一个助理突然上前一步，对蔡斯尔小声说："老板，有个新情况。"

"没看到我正跟先祖在说话吗？"蔡斯尔很不悦。

助理硬着头皮说："这件事很重要，跟波光族的科技有关。我们可能并不是唯一掌握波光族技术的人……"

另一头的蔡千也听到了,他眯起眼睛,若有所思地看着两百年后的现代人。

蔡斯尔接过助理递过来的平板电脑,随手划了划,表情也变了。

"看来,我似乎猜中了,"蔡千说,"我欢迎你过来,但希望你先处理掉后顾之忧。我现在的实力已经可以称霸东海,在我这个时代。你如果带着可怕的力量来帮我,最好能保证,这种力量只属于我们。"

说完,蔡千挥挥手,离开了卧室。

这么多天以来,这是第一次蔡千主动结束与蔡斯尔的交流。

蔡斯尔并没有对老祖宗的无礼感到生气,他目不转睛地盯着手中的屏幕。屏幕上显示着一则新闻,新闻图片是即将展出的文物照片,琳琅满目,其中一张被助理放大了。

那是一个蓝色指环,粗看没什么稀奇,但被放大后,能看到指环内侧那些怪异的线条,仿佛组成了某种铭文。

"这是?"蔡斯尔问。

助理点头:"这是波光族文字。我们破译了铭文,这是一个能量块。"

"什么能量？"

"波光族的能量，如果能为我们所用，时空之门光圈会更大、更稳固。"

蔡斯尔缓缓说道："也就是说，除了我们之外，还有其他人找到了波光族的文物。"

"这是最有可能的猜测。"

"是谁？"

助理把屏幕上的图片缩小，划到网页顶端，那上面有一行大字——"采撷那一片海底星光——宁波中国港口博物馆十周年庆典预告"。

14
博物馆之夜

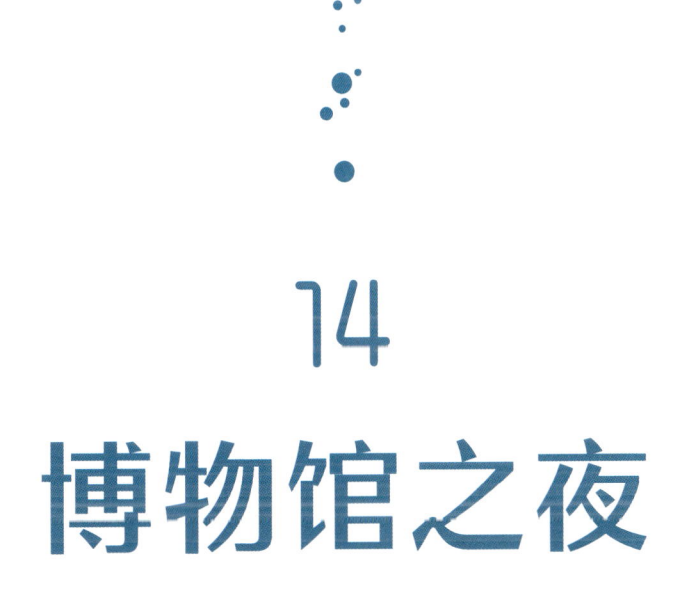

此刻，地球另一端的毕晓呈和元龙也正看着这行新闻标题。毕晓呈有点担忧地说："这真的会有用吗？"

"蔡斯尔这种人，一定不会容许别人也拥有波光族科技的。"元龙拍胸膛道："只要他知道我们手中有能量块，肯定会有所动作。"

"希望如此。"

用波光族的科技来引诱蔡斯尔，这个主意虽然是毕晓呈自己想出来的，但其实她心里也没底。如果蔡斯尔不上当，不交回被囚禁的波光族人，人类也就得不到波光族母星的谅解，一场浩劫在所难免。

毕晓呈心里顾虑着这么多事，几天下来瘦了不少。

倒是元龙嬉笑如常，跟着哥哥一起布展。

"你怎么还这么高兴？"毕晓呈问元龙，"要是不成功，这可能是我们的最后一个夏天了。"

傍晚时分，远处的海浪声起起伏伏。

"啊？"元龙很是诧异，"那我们就整天不高兴吗？"

"道理我都懂。高兴是一天，不高兴也是一天嘛。但要我真的不放在心里，还是有点难。"

"你要向大海学习。"

毕晓呈以为自己听错了,问:"向谁?"

元龙没有立刻回答。他对毕晓呈招招手,爬到花坛的边沿,踮起脚跟指向远处,"你看到了吗?"

毕晓呈学着他的样子。她个子高一些,看得远,视野里出现了一片宽阔无边的海面。此时斜阳铺洒,大海被蒙上了一层金色的纱。以毕晓呈的视角看去,大海像是倾斜的,滔滔海浪似乎随时会席卷而下。

她揉揉眼睛,再看去,海面又是一副平静安详的样子。

"你看,无论发生什么,海就是海。"

海就是海。

这四个字后来一直映在毕晓呈脑海中。

好运气也接踵而来。

在八月末布展时,一天晚上,监控拍到有人试图潜入馆里去偷藏品。此人手段高明,用新科技破解了门禁,但幸好哥哥早有防备,亲自守着,才没让小偷得逞。

这个消息让博物馆紧张起来,加派了人手;毕晓呈听到消息后,却精神一振——

蔡斯尔要上钩了!

随着八月的流逝,九月一到,毕晓呈就开学了。再过一阵，中国港口博物馆十周年庆典就要正式开幕了。

这一次庆典热闹得超乎预期。不仅港口博物馆策划的活动一场接一场，游人也前所未有地多，鱼龙混杂，博物馆工作人员应接不暇。

元龙参与设计的安保系统，很快就锁定了一些可疑的游人。

"应该是蔡斯尔的手下，"元龙指着监控画面里那些被标红的脸对毕晓呈解释，"面色犹疑，总是盯着'小蓝瑚'的展台，还有，他们大多是用外国护照来领的门票，符合这三点，是蔡斯尔那帮人无疑了。"

毕晓呈点头说："那基本能确定，蔡斯尔要来抢夺这个能量块了。"

能量块是从"天帆"号里找到的，是守护机器人的核心能源之一。他们打算用它来引诱蔡斯尔。

目前看来，引诱计划是顺利的。但是，引诱成功之后，守住能量块才是重点。

毕竟，蔡斯尔不是兔子，是狼。

很快就到了十周年庆典的最后一天。

在闭幕仪式上，所有人都沉浸在庆典活动顺利举办的喜悦中。

突然，整个港口博物馆的灯都灭了。

现场陷入混乱嘈杂。等备用发电机启动，灯光再次闪烁，照亮四周展馆时，众人惊恐地发现——展柜里的能量块不见了！

现场顿时一片骚乱。

毕晓呈站出来，向众人安慰道："别担心，博物馆安保严密，我们提前做了预案。展品很安全。"

货车在夜路上奔行，车灯在一片浓郁黑暗中艰难地破开裂隙。

车上装的，正是从港口博物馆悄悄转移的能量块。

胖警察和高警察坐在前排，紧张地看路。他们这一晚的任务，就是一刻不停地转移能量块，不让蔡斯尔将其夺走。

"他有那么大胆子吗？"胖警察转动方向盘，他已经开了几个小时，只开前灯，往僻静小路里钻，"警察手里的东西他都敢抢？"

高警察谨慎地看向四周。一片黑暗。

"不好说，"他说，"法治国家，违法犯罪一定会付出代价，但就怕他孤注一掷，什么都不怕。"

"也是，当了这么多年警察，犯罪分子都好对付，最叫怕的是偏执狂,是疯子。"

车又往前开了一阵。

胖警察瞟了眼被高警察抱在怀里的盒子,问:"说起来,这玩意儿……真是外星科技?"

高警察掂了掂盒子,犹豫着说:"感觉也没什么特殊的,就是沉。"

"好无聊呀,"胖警察抱怨道,"我们带着这个盒子跑了一晚上,除了累死累活,也没其他贡献啊。"

刚说完,不无聊的事情就来了。

一道强光从头顶亮起,射入前挡风玻璃,让胖警察眼睛花成一片。

他的手一歪,车子打滑,撞进了路旁的景观水道。

越来越多的强光亮起。它们来自飞舞的无人机,共计二十架,把这荒僻的街道照亮。高、胖两位警察忍着剧痛想从车里挣扎出来,但眼睛被光直射着,什么都看不清,车门也推不开。

几个穿黑衣服的大汉走过来,用机械臂拉开车门,从一堆冒烟的车内仪器中找到了装着能量块的盒子。

他们迈步要离开,被高警察抓住了裤腿。

"站……站住!"高警察忍住疼,厉声喊道。

黑衣人哼了一声:"你们还是自求多福吧。"他用力一提,把裤管扯出来,抱着能量块走远了。

两个警察被困在车里,河水流进来,渐渐淹没了他们的身体。

"乌鸦嘴,"高警察吐出一口冷水,顺便也骂了句身边的胖警察,"还嫌无聊吗?"

"命都快没了,当然不无聊了。"

他们开着玩笑,没有放弃求生的动作。只是汽车被撞倒在景观水道里,越沉越深,只凭两人的力气,的确难逃生天。

这时,车窗上又是一阵强光照射。

胖警察眯着眼睛,嘀咕道:"他们又回来干吗?"

高警察说:"不对,这不是无人机的光。"

是的,现在投射下来的光柱,并非来自先前蔡斯尔手下的无人机。

光束的尽头,是一架悬在空中十几米处的——圆盘形飞行器。

"这是什么?"胖警察眼睛看清了,喃喃道。

"这是飞碟。"

胖警察当然不信,但很快,他就感觉到身体一轻,连车带人竟缓缓悬浮起来,像被无形的巨手托着,向空中的飞碟飘去。他哇哇大叫,身旁的搭档却长舒了一口气。

"你怎么不害怕？！"胖警察叫道。

高警察说："害怕什么？"

"我们飘起来啦，还不知道要飘到哪里去！"

"不管飘到哪里，总比被水淹死好。"

胖警察一听，想想也是，立刻安静了下来。

蔡斯尔站在码头，俯视着暗黑色的大海。

身后传来汽车的刹车声。几辆轿车从入口处驶来，逐一停好，穿黑色衣服的大汉提着盒子走到他身后。

"老板，跟您猜的一样，他们果然转移能量块了。"

"雕虫小技。"

蔡斯尔转回头，打开盒子，取出里面半透明的能量块。他专注地打量，即使没有用仪器，他也能感觉出这块材质特殊的晶体蕴含着巨大的力量，足以打开时空隧道。

一抹微笑爬上他的嘴角。

他挥了挥手，穿白大褂的科学家们便把能量块接走。

天更暗了，港口的灯逐一熄灭，世界仿佛沉入了幽深的海底。

除了站在码头上的蔡斯尔几人，黑暗中，还有不少人在搬运货物。这些千方百计走私运来的箱子里，是先进武器的组件，数量众多，现在被一一搬上一艘货轮。

没多久，货轮上装满了箱子，船长以灯示意。蔡斯尔命令道："准备出发。"

在这被废弃的港口，货轮劈开海浪。

轰鸣声很低沉，这趟出海是秘密行动，理应无人知晓。

但在谁也没有看到的地方，四个人影从船舷的挂梯上悄悄爬上了甲板，藏在堆积如山的货物的阴影里。

"毕晓呈，你真聪明。"元龙小声说。

毕晓呈努力缩着身体，让阴影遮蔽自己。"嘿嘿，跟我猜的一样，我们的计谋被蔡斯尔看穿了。他会派出手下去抢夺能量块。"她说得很小声，但语气里有一丝担忧，"不知道警察叔叔们现在怎么样了。"

原来高警察和胖警察往城外开车，表面上是躲避蔡斯尔的爪牙，却处处留下痕迹，引诱他们来抢夺能量块。

螳螂捕蝉，黄雀在后。

毕晓呈、毕晓旻、元龙、李琪薇他们几个就悄悄跟在后面，一路找到了蔡斯尔的大本营，也就是现在这个早已被废弃的港口。当他们离开的时候，当场目睹汽车翻在了水道里，两个警察叔叔都有危险。

好在哥哥开口了："没事的，我呼叫了波光炭飞船。会有人去营救的。"

毕晓呈这才放下心来，悄悄探出头，打量着远处的船舱入口。

轮船离开近海，越来越快，海风在甲板上猛烈地刮过。

毕晓呈闻到了空气中又咸又潮的味道。

往远海看去，那里的黑暗更浓郁，更有压迫力。

李琪薇也发现了这一点，脸上挂着忧虑。"今晚，"她喃喃地说，"怕是会有风浪。"

"太好了，连大海也在帮我，派出了风浪。"蔡斯尔眺望视野尽头黑压压的云层，偶尔有一丝闪电掠过，在他的瞳孔里留下了久久不灭的印痕。"或许大海知道，今晚注定不寻常。"

几个科学家胆战心惊地站在蔡斯尔身后。

他们不像蔡斯尔这样有欣赏海上飓风的闲情逸致，反倒是担心风浪掀翻脚下的货船。

蔡斯尔手下的亡命徒们倒不担心，他们心里想的，是风浪可以掩护出海。这样的天气，海上连一艘寻常的渔船也不会有。

"老板，"手下说，"还要开多远？"

"继续开，要完全隐没在黑暗里。"

货船又开了一个小时。风越来越大，渐渐有雨点从天空落下，打在所有人的脸上，大颗大颗，打得人生疼。

手下劝蔡斯尔躲进船舱里，但他摆手拒绝。其他人只能给他撑着伞。

谁都不知道蔡斯尔在想什么。

这个掌握了财富和名望的男人，明明可以在别墅里躺着享福，过一辈子纸醉金迷的生活，但他偏偏要冒险收集武器，打通时空隧道，此刻正在深夜里驶向可怕的风暴。

"这里吧，差不多了。"蔡斯尔突然说。

此处远离海岸，四周只有涌动的海水，头顶则是逐渐压低的厚厚乌云。

"轰！"一道闪电从云中劈下来，电光照亮了这片海域，也照亮了蔡斯尔阴郁的表情。

科学家颤着声问道："要启动了吗？"

"开始吧！让我的先祖见识见识我们的力量吧！"

一声令下，手下齐齐动手，把复杂又精密的仪器搬到货船主舱里。蔡斯尔也缓步走进去。

甲板上渐渐变得空荡。

一直藏着的四个人这才敢冒出头，蹑手蹑脚走向船舱入口。

"我们分两路，"哥哥说，"毕晓呈，你跟薇薇去寻找被囚禁的波光族人。只有找到它们，才能让波光族母星那边消除怒火，避免战争。"

毕晓呈开口道："那你呢？"

毕晓星回答道："我和元龙跟着蔡斯尔。不能让他真的把时空隧道打开。他要是从时空隧道逃走，就能逃脱法律制裁，逍遥法外；更严重的是，如果他回到过去，说不定会改变我们所处的时空。"

毕晓呈明白哥哥的意思，想了想说："那我跟你一起吧，薇薇姐可以跟元龙一起去找波光族人。"

哥哥还没说话，元龙拉了拉毕晓呈的袖子。

"怎么了？"毕晓呈问。

元龙说："还是让我跟你一起去找波光族人吧，让学长跟薇薇姐一起比较好。"

"为什么？"

元龙翻了个白眼："你是真傻还是假傻？"

毕晓呈还想问他是什么意思，但发现他翻完白眼后，又朝哥哥和李琪薇那边瞥了瞥眼。她一下子明白了，脱口而出一个恍然大悟的"噢！"

元龙露出一副"孺子可教"的表情。

哥哥却有点脸红。

分工完毕后，毕晓呈和元龙就从右侧的梯子往下，去寻找储物库。他俩有危机意识，格外小心地避开了摄像头和巡逻的人。

他们一路往下，到第三层时才找到蔡斯尔千辛万苦搜罗来的物资。

武器、载具、药物、特殊服装……这些一看就造价不菲的装备被归类得很清晰。元龙泛起了孩童心性，尤其对各式各样的武器爱不释手，脚步都慢了许多。"啧啧，"他感叹道，"这些装备要是真运回了古代，哎呀，蔡家人恐怕不仅仅是要当海上霸王，统领所有海盗，就是称霸整个世界，那都是有可能的。"

"是啊。"

"课本上果然没骗我，科学技术是第一生产力。属于未来的科技，被带到古代，这样算不算推进科技的进步啊？"

毕晓呈没有他那样对武器的好奇，脚步依旧很快，说："每个时代有每个时代的科技，要循序渐进。而且现在的科技都是科学家和工程师们辛辛苦苦发明的，每一项都充满艰辛，所以人们才会珍惜，不会滥用。你把现代科技统统丢回古代，肯定会乱套。"

元龙对她刮目相看："你说的还挺有道理。"

"我也是最近想得比较多。这个夏天发生了太多事情，希望这一切尽早结束，我只想成为一个普通的高中生。"

"这一次,我们一定会成功的!"

元龙说完,不再眷恋那些危险的武器,径直去找生命之水。也多亏他目光敏锐,没一会儿就在储存舱的最底层,发现了存放生命之水的架子。

"在那儿!"他指过去,随即发现自己声音大了点,连忙捂住嘴。

好在储存舱依旧安安静静——甚至安静得有点过分。

毕晓呈顺着他的手指找过去,眼睛放光。

终于,又见到了波光族人。

之前她因为轻信蔡斯尔,将其带到海底城,导致波光族的家园被毁,这些生灵也被蔡斯尔掳走。这种行为激怒了波光族母星,如果不把这些生命之水还回去,更大的灾难还在后面。

好在,他们终于找到了被抓走的波光族人。

这一瞬间,毕晓呈眼角泛出了泪水。

她走过去,小心地捧起这个爱心形状的玻璃皿。碧蓝色的水晃荡着,恰似她的心绪。

元龙也很高兴,看了一眼,说:"我们赶紧走吧。"

两人转过身。

"啪!"

储存舱的灯突然熄灭了。浓郁的黑暗笼罩了这一对少年。

毕晓呈心里一惊，一股恐惧在她心中升起。

"怎么回事？"元龙的声音也在颤抖。

在他们身后，一个比墨水更黑暗的阴影缓缓升起，两只幽红色的瞳孔一齐张开。

"糟了！"毕晓呈浑身发凉。这一刻她想的却是，如果这里是蔡斯尔布置的陷阱，那在上层的哥哥和薇薇姐也有危险！

刚开始，毕晓星和李琪薇也是格外顺利。

他们尾随着蔡斯尔的手下，向着甲板下的货舱潜入。人一多，自然就危险，但幸运女神也在帮他们。

在走下甲板的入口处，正好摆着一个装有黑色制服的箱子。毕晓星灵机一动，找出两套来，给自己和李琪薇都换上。轮船上人多眼杂，这一百多人不可能人人都互相认识，换上黑色制服，大概率就能混进去。

事实也的确如此。两人不再尾随，而是跟在人群后面走向货舱。鉴于蔡斯尔是认得毕晓星的，他们也不敢大摇大摆，就垂着头，努力让自己藏进纷乱的人影里。

整个轮船的甲板下一层都打通了，空间很大，人一多，脚步声就反复回荡。

蔡斯尔不喜欢杂音，眉头皱起山峦。

他不需要说话，这个表情就足以令周围的人噤若寒蝉。脚步声轻了不少，除了科学家，其余人也都尽量站在远处。

毕晓星听到前面有人在嘀咕："唉，这下真要去古代了。"

"是啊，现在科技昌明，吃喝俱全，一个古代帝王享受到的生活水平还不如我们普通老百姓呢。"另一个人也接口道："非要回到过去，有什么必要吗？"

第三个人提醒他们小声点："我们的家人还在这艘船上呢，别惹老板生气。"

于是这几个人都安静了。

毕晓星和李琪薇对视一眼，交换了信息，点点头。

看来这艘船上，人心并不齐。

一片安静中，蔡斯尔点点头，示意科学家启动仪器。

放入能量块之后，前所未有的振动声响了起来。离得近的人，都感觉到皮肤上泛起了一丝轻微的痒。

启用这种异星能量，有被辐射的危险。所有人都后退了几步，空出一个巨大的圆形空地。蔡斯尔却纹丝不动，和仪器一起，站在圆形空地的中间。

大海似乎也感受到了能量波动，海浪更加剧烈，拍打船身，不仅传来令人心惊胆战的隆隆声，还令船摇摆起来。

在人群外围，毕晓星一手抓住护栏，另一手握住李琪薇的手臂。

只见一片摇晃中，时空隧道的光圈稳固地从能量突触上显现，颜色在蓝与橙之间变换。

此前的光圈都只有五米高，光芒若隐若现，让人只能隔着光圈与过去的人交流，而且随时都有中断的可能。现在，光圈明显更大、更稳固，凭直觉，蔡斯尔就知道现在的时空之门，不仅能观测历史，与过去之人说话，还能使肉身穿越。

"设置坐标。"他说。

几秒后，光圈中间的空气变成粒粒光点，游移着，聚合成了一团。

这光点中显示的，正是蔡千。

"你来晚了。"这是蔡千对蔡斯尔说的第一句话。

是的，蔡斯尔给的时间坐标是1809年，地点则是今浙江台州。对于蔡斯尔来说，离上一次跟蔡千交流，只过了十几天；但对蔡千来说，再次收到未来子嗣的消息，已经是五年之后了。

这五年，蔡千并不好过。

他曾在东海盛极一时，拥有上百艘大型战舰，小型舰群不计其数，追随他的士兵超过两万名。巅峰时期，他在海涛之上披蟒袍，振臂一呼，连大海都为他匍匐。

很快，形势就变了。

朝廷派来大批海军，并联合他的其他对手，对他形成合围之势。他凭借海战天赋，跟对方打得有来有回，刚开始还收缴了不少船只大炮，扩充了自己的实力。但这个世界上，拥有天赋的人，不止他一个。很快，好几个后起之秀集结起来，先合围，后割分，还用重金贿赂蔡千的心腹大将……近两年来，蔡千每一天都在坏消息中度过。

战败、战败，有人逃走，联络不上，还是联络不上……

蔡千绞尽脑汁，也没办法扭转战局。他曾经雄心万丈，号称"镇海王"，生杀予夺，尽在他一念之间。这两年，他品尝到了大起大落的苦涩滋味。他的自信也慢慢瓦解。

无数个难眠之夜，在忧虑、恐惧和不甘心这些复杂情感的空隙，他会想起几年前跟蔡斯尔的简短交流。

那个自称他后代的人，曾在夜里告诉他会前来帮助，还透露出了天外异族波光族的信息。但那几夜过后，他就再没有见过蔡斯尔了。

刚开始他并不在意，毕竟自己纵横东海，兵强马壮，即使没人帮助也无大碍。但随着自己势力逐渐减弱，他开始期待蔡斯尔的承诺。

只是，"深夜跟未来子孙说话"这种事一听就是天方夜谭。不仅他的亲信对此怀疑,他自己也渐渐怀疑起自己的记忆。

那多半是一个梦吧……蔡千总是这么回答自己,随后叹出一口苦涩的气息。

等到了今年,形势更加危急。围剿的大军俨然有将自己一举歼灭的意图,不仅加派人手,加速瓦解他的军队,更是屯兵在台州外,大决战的气氛已经很浓烈了。

蔡千有些绝望。

他站在船头,远眺海面上起起伏伏的浪花。浪花中混着黑点,那应该是朝廷战舰。

对方的战斗力,超过他好几倍。即使他再狂妄,也知道自己肯定打不过。

而这时,熟悉的时空隧道终于再次打开。

他又看到了蔡斯尔。

"时机正合适。"蔡斯尔不慌不忙,甚至嘴角带着笑意。

"我大势已去。"

"不破不立。"

蔡千狐疑地看着蔡斯尔,忽然愤怒道:"如果你真是在未来长大,你就该知道我如今的局面。为什么不在前几年告诉我,让我知道为什么会失败,让我知道哪些人会背叛我。我提早防备，也不至于沦落到如今的局面。"

"那样的话，你就不会需要我了。"

蔡千眼里怒火喷薄，上前一步，伸手来抓蔡斯尔的肩膀。

他刚抬手时有点后悔——他记得，这扇时空之门只显示影像，不能直接跟对面的人接触。以前他试过一回，手只能穿过冷冷的空气。

但现在，他握住了蔡斯尔的手臂。

看着他脸上的诧异，蔡斯尔颇有兴致，说："我说了，现在并不晚。"

蔡千脸上的愤怒像烈阳下的残雪，一瞬间就消融殆尽。他的手掌认真地在蔡斯尔的西装上揉着，高档布料的手感跨越了两百多年光阴，在他手上留下了细腻的摩挲感。

蔡斯尔是个有洁癖的人，如果其他人碰一下他的衣服，他会大发雷霆。但现在，他丝毫不以为意，笑着让蔡千摸。

"好衣服，"蔡千说，"我终于触摸到了未来。"

身后突然传来炮火声，蔡千脸色一变，问："我现在处境很危险，容我去你那避一避！"说着，就要往门里走。

不料，蔡斯尔一抬手，他的手下们立刻举起枪，对准蔡千。

蔡千几年前见识过这种黑洞洞的小管子的威力，顿时止步。"你什么意思?"他急道,"敌人已追到门口了。"

"放心,历史上,今天是你的死期。但按照家谱记载,你会逃过去的,要再过十多年,你才会在一艘货船上死去。"

蔡千的脸色阴晴不定。

"而且,即使你逃到我们这里,也不安全。这个世界有更大的危险,比你的敌军要危险得多,"蔡斯尔说着,突然转过身,"晓星,你说是不是?"

蔡斯尔的目光直视过来。整个货舱的人群转向,黑衣人将毕晓星和李琪薇团团围住。

"糟了……"毕晓星意识到自己掉入了蔡斯尔的陷阱,下意识地握紧李琪薇的手。同时,他心里记挂着妹妹的安危。

蔡斯尔　　　　　　　壮年蔡千

15 惊涛骇浪

毕晓呈和元龙当然没有逃脱巨蟒的抓捕。

奇怪的是，这个在民间传闻里以残暴凶戾闻名的变异生物，并没有直接张开獠牙将两人吞噬，而是用身体捆住他们，缓缓挪动，来到了上层的货舱。

一路上，追随蔡斯尔的手下见到巨蟒，都纷纷躲避。

等到了货舱，毕晓呈和元龙被捆得动弹不得，身体横着穿过人群。

巨蟒松开束缚，丢下毕晓呈和元龙，然后来到蔡斯尔身旁，把生命之水送进他手中，讨好地晃着脑袋。

蔡斯尔摸摸它的下颌，说："你做得很好。"

巨蟒欢快地抖动蛇尾，又在蔡斯尔的示意下，来到他身后，盘成一团。货舱里灯光幽暗，它缩在黑暗里，只有两只瞳孔偶尔开合，看起来十分诡异。

毕晓呈和元龙站在人堆里，左右环顾，发现哥哥和李琪薇也被好几个大汉用枪指着，站在不远处。

"终于，你们团聚了。"蔡斯尔说。

在枪口的逼迫下，四个人走到一起，彼此眼中都是不甘和沮丧。

他们本以为能用转移目标来作幌子,故意露出破绽引诱蔡斯尔去高警察和胖警察的车上夺取能量块,他们则跟着这个诱饵,找到蔡斯尔的大本营。纵有螳螂捕蝉,黄雀在后,可没想到,这只螳螂也是鹰的诱饵。

现在,蔡斯尔成了真正的赢家,他俯视着毕家兄妹和垂头丧气的元龙。

只有李琪薇昂头看着他,目光凶狠。

"这位女士,"蔡斯尔说,"看你的眼神,简直要把我生吞活剥了。我们认识吗?"

"你害死了我父亲。"

"那我真是该死。"蔡斯尔不以为意地一笑,又问:"但我是什么时候做了这件事呢?"

"发现'小蓝瑚'之前,我父亲是舟山岛的渔民。"

"我想起来了,那个发现波光族秘密的渔民。他很值得尊敬,但做人太崇高也不好。我记得后来,他的船在风雨之夜沉没了。你瞧瞧,多么巧。"他用手指着右侧的舷窗。

此刻,外面风雨大作,巨浪滔天。

蔡斯尔凑近李琪薇,过了好一会儿才说:"那一天好像也是这样的风和浪,哦不,今晚的更大。很适合你和你的父亲团聚。"

风浪嘶吼,货轮晃动,光圈中的蔡千张望着海战,身影也跟着或明或暗。

面对下属的敬仰，对手们又恨又怒的目光，以及先祖近乎祈求的表情，蔡斯尔终于放声大笑起来。

他足足笑了一分多钟，笑得满脸通红，眼中泛起泪光。

"他怎么还哭了？"毕晓呈看得懵了，小声问身旁的元龙。

"不知道……可能是神经病吧。"

隔着光圈的蔡千也忍不住打断道："喂喂！无论你要做什么，你得加快了。"他指向远处，"敌人的战舰正在逼近，我派了人去谈判拖延时间，但他们不会善罢甘休的，决战就要开打了！"

"不用担心，我们有足够的武器。两百年前的蒙昧人类，根本不是对手。"

说完，蔡斯尔指挥手下将一箱箱武器、载具和其他物资搬过来，人员也集结完毕。这一百多人——加上他们的家属，共计四百多人——将成为第一批，或者说唯一一批穿越时空的人类。利用最好的装备和知识，再借助蔡千的势力，他们会改换历史，破坏时空的秩序。

更糟糕的是，生命之水还在他手中。如果不能及时将生命之水归还给波光族，星际战争爆发，人类的文明就要终结。

"开始吧,"蔡斯尔下达命令,"我们去新的时空里建功立业。"

此时的大海上,飓风像喝醉后发疯的巨人,不时卷起十几米高的巨浪,再轰然倒塌,激起声势巨大的水花。云层也在给它助威,不仅压得极低,像要抱住狂暴的大海,与之融合,将整个世界都染成漆黑,还频繁地爆出雷电,隆隆声比海浪都要响。

这种景象,简直是末日预兆。

幸好到午夜时,一道光破开厚厚的云层,照射在蔡斯尔的货轮上。

这道光不是转瞬即逝的闪电,它来自云层中另一个庞然大物。光柱渐渐扩大,要把整艘货轮都笼罩进去。

货轮里的人正在遵照蔡斯尔的指示,搬运物资,依次堆好。他们聚精会神地看着货舱中的光圈越来越大,即将离开当下时空,他们心里思绪万千,有期待,有害怕,也有对跨入未知命运的好奇。

因此,没有人察觉到窗外越来越亮的光芒。

云层中的物体缓缓下降,光柱更亮,此时可以看清,那是一艘圆碟状的飞船,悬浮着,飞船边缘流转着蓝色辉光。

直到光柱亮如白昼，货舱里才有人发现，惊叫出声。

蔡斯尔也一脸困惑，派人出去看。那个手下刚探出头，就连忙跑回来，一迭声道："老板，外面是飞……飞船！一艘飞船在我们头顶！"

蔡斯尔很快反应过来，转而怒视毕晓呈他们："是你们搞的鬼？"

毕晓呈和哥哥也是一头雾水。

这时，头顶传来一阵异响，像是整个货轮被提了起来，巨大的船身在吸力拖拽下也变得轻飘。众人脚下摇晃着，能感觉到身体在缓缓上升。

毕晓呈脑中灵光一闪："是'天帆'号！欧阳爷爷！"

她猜得没错，此时在"天帆"号驾驶室里的，正是欧阳爷爷。

欧阳爷爷从守护者那里得到了操作"天帆"号的方法，一直在练习。当真正可以飞行时，他就操纵着"天帆"号，先救下了两位警察，再来到这里营救毕晓呈他们。

蔡斯尔咬着牙。他知道如果被这艘飞船俘获，自己的计划就再也没有实现的可能。他向身后的巨蟒招手，蟒尾缠住他，向旁边的军火箱移去。他掀开箱盖，抱出一架手持脉冲炮，向头顶的货轮甲板开了一枪。

甲板立刻被轰开。

头顶的"天帆"号飞船映入所有人的眼帘。但没人去看飞船，因为甲板被蔡斯尔轰击后，巨响震痛耳膜，四处飞散的木屑和钢条在很多人身上都划出了血痕。

"你疯了！"哥哥看到李琪薇的手也受伤了，顿时眼睛血红，向着蔡斯尔怒吼。

蔡斯尔理都不理他，继续向着天空瞄准。

又一枪。

"天帆"号被击中，摇晃起来，驾驶室里的欧阳爷爷险些摔倒。幸好高警察和胖警察扶住了他。

"那个人很疯狂，"高警察说，"怎么办？！"

欧阳爷爷喘口气，说："启动防护罩！"

"我……这些按钮我不会操作啊！"

欧阳爷爷赶紧在全息屏幕上调出防护罩。这毕竟是波光族科技，尽管他研究了很久，还是有些生疏，足足用了两分钟才让透明且坚固的防护罩启动。

这期间，蔡斯尔已经把一整支脉冲炮都打空了。

就算"天帆"号来自外太空，但面对同样来自波光族的脉冲炮攻击，也有些吃力，许多内部元件都在报警，驾驶室里一片红光。

货轮已被拖到了半空中，此时光柱变得断断续续，货轮随之在空中摇晃。

蔡斯尔依靠巨蟒的尾巴来固定自己的身体，打完一支脉冲炮，又拿起另一支威力更大的火箭筒，对准顶上的"天帆"号。

毕晓呈知道不能再让蔡斯尔继续破坏"天帆"号了，尖叫一声，抓着元龙的手臂，借力向蔡斯尔扑过去。

蔡斯尔还没打开火箭筒的保险栓，就被毕晓呈抓住了肩膀，手一松，火箭筒落在空中，在时有时无的反重力区域内起起落落。

哥哥生怕毕晓呈有危险，立马也扑了过来。

轮船货舱，乱成一团。

连被能量块生成的时空之门，也变淡了许多。

光圈里的蔡千目睹这场混乱，虽然他不懂为什么突然之间对面所有的人和物体都飞了起来，但看形势，显然很危急。

"快过来！"蔡千大喊。

蔡斯尔把毕晓呈甩开，命令巨蟒卷起一堆武器，向着时空之门冲去。

巨蟒游动时，毕晓呈看到了它腹下压着装有波光族生命之水的箱子。"在那里！"毕晓呈指着生命之水，"他要把生命之水也带到过去！"

哥哥知道必须阻止蔡斯尔,但蔡斯尔有巨蟒护卫,而自己手无寸铁,根本靠近不了。

货轮甲板上的洞越来越大,没有甲板的遮蔽,所有人都直接暴露在风雨中。

海与天,不分彼此。人人都湿成了落汤鸡。

"天帆"号飞船努力维持平衡,缓缓降到距海面十米高,强风让蔡斯尔的头发向后扬起,咸咸的海水扑在他脸上。他抹了把脸上的海水,眼神变得更加坚定。

"你忍心这样摧毁地球吗?!蔡先生!"毕晓呈一看他的表情,就预感到不妙,哀求道:"你把生命之水留下!让飞船接走波光族人,波光族母星就不会攻击地球!"

"哦?"蔡斯尔一笑,"要是我不愿意呢?"

"求求你了,不要毁掉一切!"

蔡斯尔被巨蟒裹挟着,升到甲板之上,向着猎猎风浪张开手臂。有那么一瞬间,他脸上有一丝动容。"我并不想毁掉一切,"他慢慢说,"在这个世界上,我还有许多美好的回忆。"

毕晓呈燃起希望,说:"是啊,现在收手还来得及!"

"但那些回忆,最终都成了噩梦。"蔡斯尔转头看她,突然露出了一抹苦涩的笑容,"我的妻子,我的孩子……这个世界对我不公平,我也要对这个世界还以颜色。"

说完，蔡斯尔不再犹豫，摆摆手。

巨蟒游动身体，带着蔡斯尔、生命之水和一箱武器，向着时空另一头钻去。

毕晓呈浑身冰凉，泪水都要淌下了，这时，她无意中摸到了胸口的吊坠。

一个想法在她脑海中升起。

"出来吧！"她声嘶力竭地喊道，声音都带着哭腔，"帮帮我，守护者！"

之后的好几秒，吊坠毫无反应。

蔡斯尔已经钻进了光圈，他身后是2024年的狂风骤雨，迎面吹来的，则是1809年的海上暴风。

毕晓呈的心跌到谷底。

吊坠突然放出光亮，水晶外壳破碎成粉末，里面的芯片掉落出来。

这片由波光金属经过多层折叠而形成的超密度芯片，在空中翻折、舒展，伴随着夺目的电光，再度组合成五米高的机器人。它就是波光族守护者，之前在"天帆"号的船长舱里曾把哥哥吓得够呛，后来它把自己压缩成高密度的芯片，被镶嵌进吊坠中。

此时，它成了毕晓呈最后的帮手。

"去吧，"西西的声音响起，"去帮助我的朋友们。"

守护者上前拽住巨蟒尾巴,被大力拉扯着也向光圈飘去。毕晓呈见势不妙,赶忙上前抓紧守护者的外壳,她也被时空光圈吸入。

毕晓呈的身体刚刚隐没,时空之门就倏忽闪烁,彻底消失。

哥哥、李琪薇和元龙脸色发白。

穿越时空的感受难以言喻。

毕晓呈只感觉身体像被某只巨手压扁又拉伸,胃里翻腾,险些吐出来。

在她前面的蔡斯尔也没好到哪里去,脸色惨白,紧扣的指节也在抽搐。

但,终于成功了。

蔡斯尔向四周扫视,看到清晨的海波,以及海面上若隐若现的船帆。这的确是 1809 年的世界。他成了人类历史上第一个成功穿越者,即将利用自己的知识改天换地,建功立业——前提是,把跟过来的毕晓呈处理掉。

"听着,你现在跟着我流落到了古代,"蔡斯尔眼珠一转,露出惭愧性的和煦微笑,"整个世界,只有我俩是时空穿越者,我们不是亲人,胜似亲人,应该一起合作。"

毕晓呈哑着嗓子喊:"你休想!你毁了我们的世界!"

"所以我们更应该在这里好好活下去，说不定，我们可以加速科技的发展，两百年后，超过波光族！"

他的话具有说服力，但毕晓呈一想到哥哥和爸妈都留在未来，没多久，波光族母星的战舰驶来，地球上所有人都将死于战火……一股悲愤就涌上她的心头。

她指挥身旁的波光族守护者，去抢巨蟒腹下的生命之水。

蔡斯尔脸上笑容消失，怒道："你抢了有什么用？！我们身后的时空门已经关闭了！"

"不！我哥哥肯定会来救我！"

两百年后的这一边，毕晓星的确在绞尽脑汁重现时空隧道。

毕晓星先是给欧阳爷爷打电话，让他松开反重力光束。货轮重新回到海面，摇晃劲儿小了不少。货轮里的其他人从慌乱中回过神来，发现蔡斯尔已经离开，面面相觑，满脸茫然。

"我知道你们是被蔡斯尔胁迫来的，就算你们之中有人犯了错事，只要坦白，都能争取宽大处理。"毕晓星知道他们跟蔡斯尔之间的合作并非铁板一块，现在蔡斯尔穿过了时空隧道，把其他人留在这里，无疑会进一步加大这些人与蔡斯尔之间的裂隙,"现在,我需要有人来帮忙,再打开时空之门!"

人群里鸦雀无声。

毕晓星又喊了一遍。

好半天,有个犹疑的声音说:"再打开时空之门……你也要去古代改变历史吗?"

"不,我只想救回我的妹妹,"毕晓星顿了顿,又补充说,"以及全人类。"

"那我帮你。"

说话的人走出来,身穿白大褂,戴一副厚厚的眼镜,正是蔡千半雇佣半胁迫而来的首席科学家。

这位科学家走到空地前,把一地凌乱的仪器整理起来,十多分钟后,扶着眼镜说:"我还能组装好,但这些机器受到了不可逆的损伤,就算能重新生成时空隧道,也只能维持几秒钟。"

"几秒钟,我来不及冲进去救她回来。"

"那就只能祈祷她抓住这转瞬即逝的机会,自己跳进光圈,回到现在了。"

说完,科学家埋头干活。

另一边,毕晓呈指挥着守护者,跟巨蟒缠斗在一起。

一个是钢铁机器，一个是变异生物，都有着骇人的力量，厮打起来，蔡千这艘木制大船根本承受不住。木屑翻飞，嘶吼声震耳欲聋。

蔡千被眼前的局面弄懵了，不过就算他再困惑，也知道现在已经乱了套。接下来，绝不会像蔡斯尔承诺的那样，有先进的设备帮助自己东山再起。

于是，他做了最符合他利益的决定。

蔡斯尔本来一直在给巨蟒下命令，躲避守护者的攻击，眼角一瞥，发现蔡千竟然走到了装满武器的箱子前，打开盖子，掏出一颗黑色的波光族炸弹。

"你别动！"蔡斯尔心提到了嗓子眼，"那个炸弹威力很大！"

蔡千却发出冷笑："那不正好！我就是要凭借这个打赢接下来的海战！"他不管船头的战斗，拖着箱子就打算离开。

这箱武器是蔡斯尔的筹码，他岂能让蔡千这么轻易拿走？

这对横跨了两百年，隔了十代的祖孙，终于在利益面前反目成仇。

蔡斯尔放弃跟波光族守护者的搏斗，调转巨蟒头部，来抢夺武器箱。

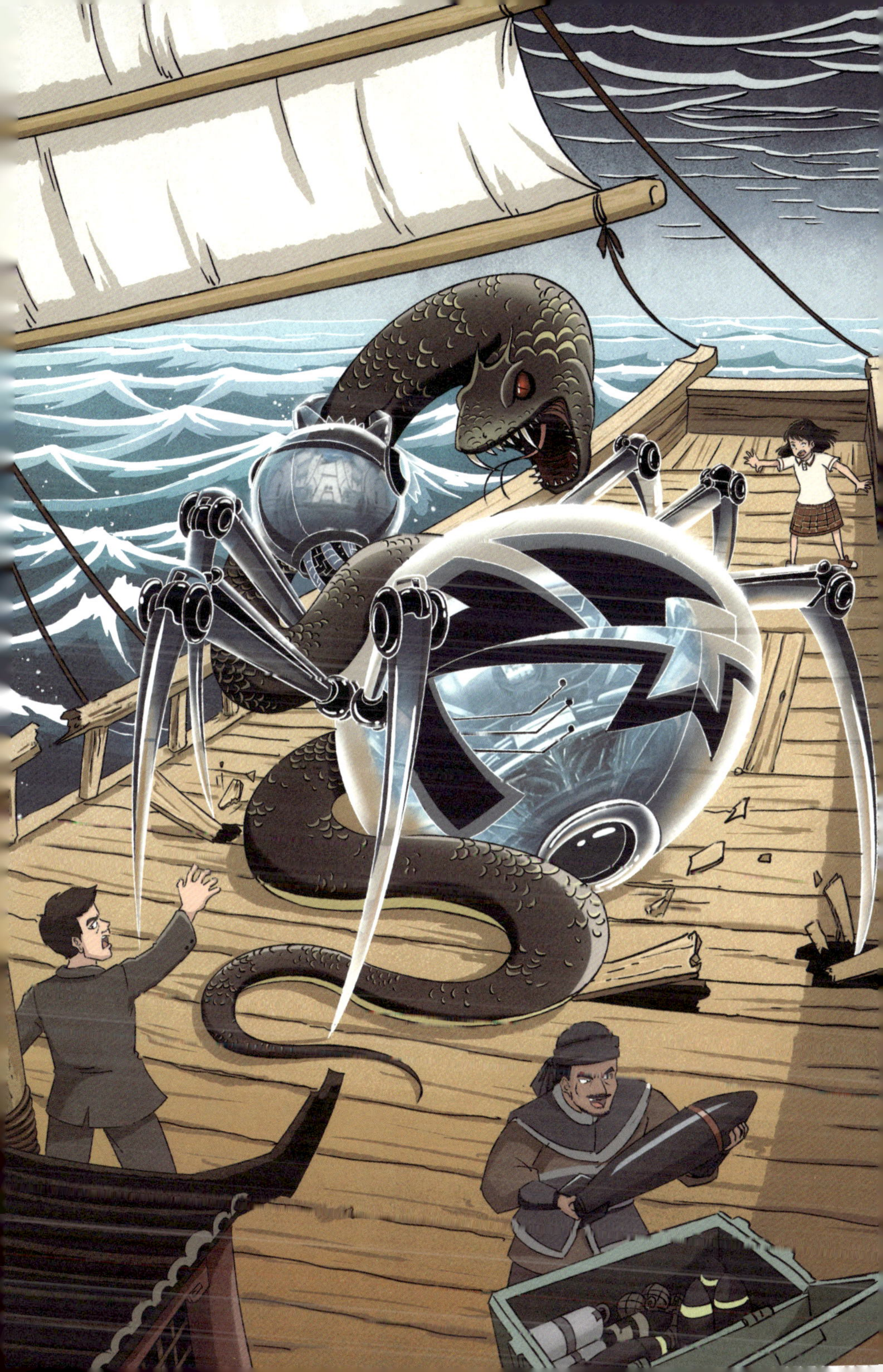

也就是这一转身的机会，毕晓呈叱喝一声，跟守护者一起撞了过来，将巨蟒撞翻。巨蟒吃痛，张开利牙，咬住了守护者的腿部。

守护者虽然没有痛觉，但身体受损还是激发了应急方案，一柄锯齿利刃从身体里冒出，将巨蟒的腹部割出一米长的口子。

巨蟒发出痛苦的"嘶嘶"声，身体翻滚落到船下，掉进了海里。

生命之水在巨蟒翻滚中被甩出来，落在蔡斯尔脚边。

看到落入水中的巨蟒，蔡斯尔一愣。

他们身后突然发出滋滋电光，一道三米高的光弧组成圆形大门涌现出来。

毕晓呈惊喜地说："是哥哥！"

是的，毕晓星已经在时空的另一头打开了通道，给他们提供了可以回到家乡的机会！

"我们不应该干涉历史！我们真正该守护的，是未来！"毕晓呈冲蔡斯尔喊道，"跟我回去吧！"

蔡斯尔呆若木鸡。

他的所有计划在此时已经宣告破产。没有巨蟒，他敌不过波光族守护者；而他心心念念想要会合的先祖，也日薄西山，还想抢走他的装备；毕晓星显然已经掌握了时空穿越技术，可以随时来抓捕自己……无论躲到什么地方，无论藏在哪一段时空里，他都逃不过。

想到这里，他叹息一声，闭上了眼睛。

所有人都紧张地盯着时空之门。

"能维持的时间不多，"首席科学家紧张地说，"他们必须赶紧出来。"

光圈里突然钻出一个人，大家定睛一看，是面色灰败的蔡斯尔；接着，是波光族守护者，以及坐在守护者肩上的毕晓呈。

哥哥和李琪薇喜极而泣，紧紧地抱住了毕晓呈。

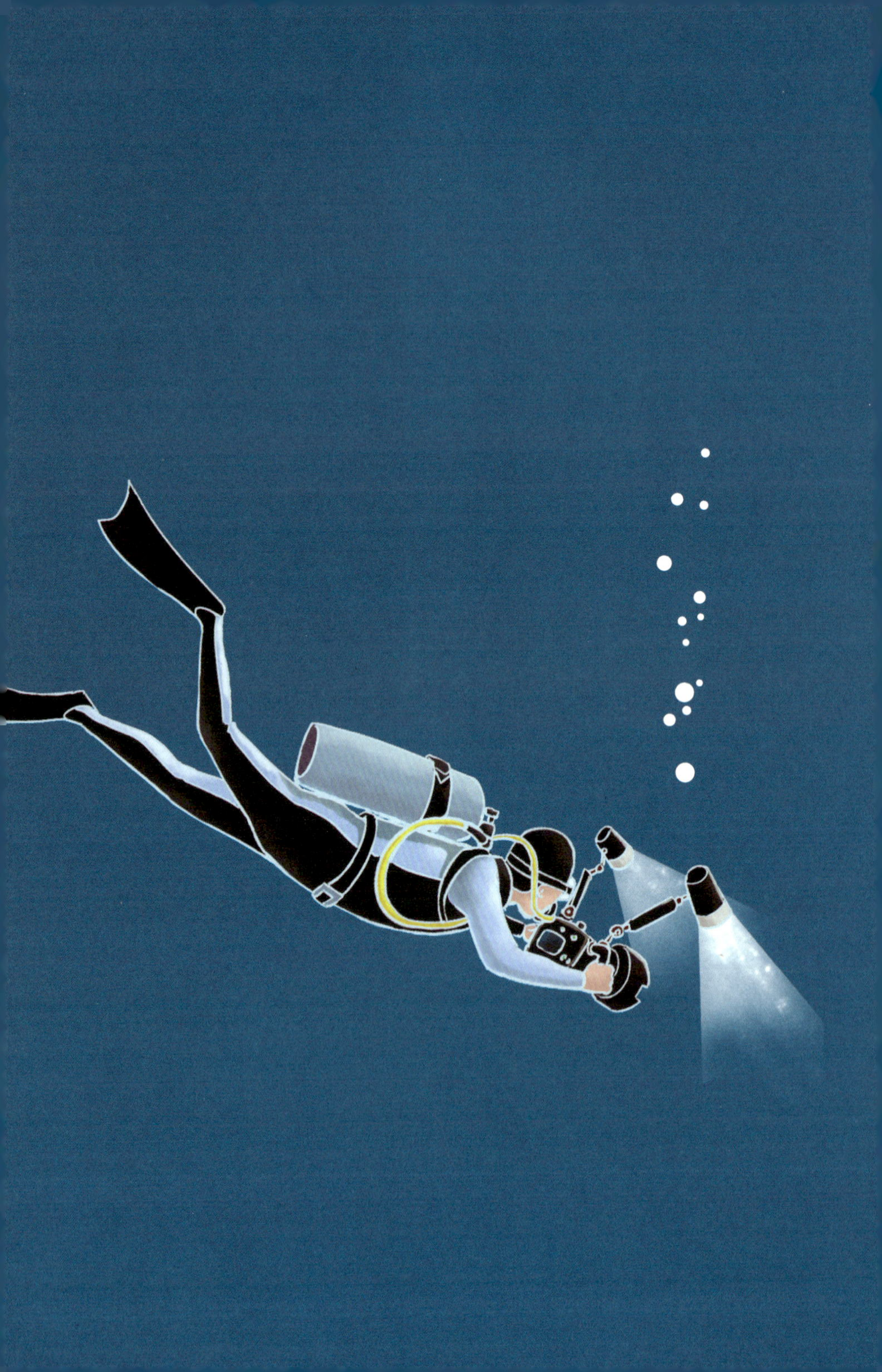

尾声
幸运的夏天

天终于快亮了。

一夜的风浪逐渐平息，云层虽然依旧积压在天边，但能从云层后看到一抹淡淡的金色。朝阳即将露出轮廓。

毕晓呈站在货轮的船头，身上已经换上了干净暖和的衣服。

哥哥毕晓星、李琪薇、元龙和欧阳爷爷，以及高警察和胖警察都站在她身后。他们的目光，一起看着货轮的上方。

一艘飞船正悬浮着。

飞船只有边缘亮着灯，其他部位都隐于黎明前的黑暗中，看不太清晰。

几个小时前，她跟守护者一起把蔡斯尔从过去揪了回来，生命之水也安然无恙，但巨蟒和那一箱武器却没来得及带回。巨蟒会在海底被腐蚀得只剩下蛇头，那庞大可怖的身姿，让附近见到这一幕的渔民害怕不已。于是，口口相传，把这东海巨蟒的故事编造成各种民间传说。很多年后，它会被欧阳爷爷带队的幽蓝潜水俱乐部发现，成为馆藏，又再次被蔡斯尔劫走……至于蔡千，会因为见到毕晓呈和蔡斯尔的搏斗,而对波光族产生兴趣。他后来潜水找到那箱武器,那箱武器里,大多数枪械都已毁坏,不堪使用,但他捡到能吸引波光族的讯号发射器,并在海战中悄悄逃走,此后余生,他都化身渔民,在海上等待着捕获西西的时机。

命运似乎是个圆环,但没关系,每一次循环时,都会有一个毕晓呈勇敢地站出来,阻止蔡斯尔的阴谋。

生命之水被送上飞船,毕晓呈胸前的吊坠在守护者的特殊工具下得以破解,西西终于脱困。一群波光族人就像浮游的光点,在飞船的舰长室里四散开来,不停地闪烁。

"再见啦。"西西的声音突然在耳边响起。

毕晓呈注视着飞船,喃喃道:"你们要回海里去了吗?"

"不,我们回家。"

"家?"

"是啊,母星的舰队已经出发,我们要在舰队到达地球之前与之会合。解释清楚之后,舰队就会返航。"

毕晓呈放下心来,说:"那星际战争就不会打响了?"

"是的,人类、波光族,都是爱好和平的种族。就算有极端个例,也不该动摇和平的根基!"

毕晓呈挥挥手:"那祝你们一路顺风!"

"宇宙是真空的,没有风。"西西轻快地说:"我们一路向光飞行。"

"我们会再见吗?"

"会的。生命曾在大海中进化,随后离开大海,在陆地上建立了文明;迟早有一天,人类也会离开地球,来到宇宙。到那时,我们会再见的。"

毕晓呈咕哝道:"那要好久啦……"

"不会很久的。奇迹总是在发生。"西西在空中左右摇晃,如同在招手道别,"就像这个夏天,对我们来说,就是个奇迹。"

说完,飞船缓缓上升,在黎明光照之前突破大气层,化为天空中一抹小小的光点。随后,晨曦吐露,瑰丽的光照在每个人的脸上。

毕晓呈挥着手,跟已经远去的西西道别。她的手掌被朝阳勾勒出轮廓,淡淡的暖意透进皮肤。目送着西西离开时,她脑子里,一直回想着西西的最后一句话。

是的,以后很多年,毕晓呈回忆起这个初三毕业的暑假,都会觉得很奇妙。

这悠长假期,是倒霉,还是幸运呢?

倒霉肯定是有的。她原本对这个假期的预期——比如旅游，比如每天在家快乐地刷剧或看短视频，都没有实现。她的父母也在假期结束后不久，终于商讨好离婚的事宜，分道扬镳。对于这一点，毕晓呈花了很长时间才接受。

成年人的世界太复杂，或许有时候，分开比在一起好。她想，与其强行在一起，分开以后或许会过得更开心，虽然很无奈，但这就是事实。

刨除以上这些，这个暑假发生了太多足以让她铭记一生的事情。她考取了潜水证，知道了幽蓝潜水俱乐部的秘密，更重要的是，她认识了西西、元龙、李琪薇和欧阳爷爷。

虽然西西只是长得像水滴的外星人，既没有E.T那么可爱，也没有《世界大战》里的外星人那么邪恶。但她还是跟西西结下了友谊，尽管短暂，但弥足珍贵，哪怕西西乘坐"天帆"号回到了波光族母星，这份友谊依然可以跨越银河。

这个假期，她见识了藏在帷幕后的世界，领略了海洋深藏的秘密。她有过奇遇，也上过坏人的当，还面临了外星舰队即将向地球进攻的危机。但最终，她从坏人手中救下了波光族，交还了"天帆"号。"天帆"号腾空而去，重返太空，一切都化险为夷。

从结果上来说，开学后，她依然只是一个奔波在学校、埋首于题海的高一女生。但在过程上,她经历了绝大多数人都无法想象的冒险,好奇心得到验证,勇气有了回馈,一切都在她和大家的努力下回到正轨。她多了一位一次吃几份外卖的朋友,她的哥哥也跟李琪薇有了更复杂和微妙的关系。

那么,到底是看结果,还是看过程呢?

今年夏天,毕晓呈会毫不迟疑地说——这是一个幸运的暑假!

水下考古小贴士

1. 宁波中国港口博物馆

宁波中国港口博物馆位于浙江省宁波市北仑区梅山湾新城，于2014年10月建成开馆，是国家一级博物馆和国家4A级旅游景区。中国港口博物馆定位以港口文化为主题，集展示、教育、收藏、科研、旅游、国际交流等功能于一体，是体现国际性、专业性、互动性的我国规模最大、等级最高的大型港口专题博物馆。现已成为挖掘港口历史、传承港口文化、传播海洋文明的重要基地，成为新世纪海上丝绸之路的重要文化支点。

图1-1 宁波中国港口博物馆及国家水下文化遗产保护宁波基地

2. 国家水下文化遗产保护宁波基地

国家水下文化遗产保护宁波基地于2010年7月奠基建设，2014年10月落成开放，

图1-2 "水下考古在中国"展厅

是我国首个挂牌成立并首先落成投用的国家水下文化遗产保护基地。宁波基地与宁波中国港口博物馆合作共建。基地内主要设有陈列展示区、保护修复区、收藏保管区、研究办公区、文体活动区等不同区块，集水下文化遗产保护、水下考古发掘研究、出水文物修复展示、专业人员学术交流等诸多功能于一体，并常设有全面反映我国水下考古三十多年发展历程和主要成就的"水下考古在中国"专题陈列。

3.水下考古

水下考古是考古学的组成部分和重要分支，是田野考古向水下的延伸，是调查、探测、发掘、保护与研究全部或部分、长期或周期性淹没于水下的人类物质文化遗存的一门人文学科。

1960年，美国宾夕法尼亚大学考古学教授乔治·巴斯，带领学生发掘了土耳其格里多亚角海域的古代沉船，标志着水下考古学的正式诞生。水下考古的研究对象则包括部分或全部位于水下的具有文化、历史或考古

图1-3　水下考古

图1-4　水下考古

价值的所有人类生存的遗存，如古遗址、沉船等。范围主要指研究对象所在的环境位置，包括海洋、河流、湖泊、滩涂、岛屿等与水体关系密切的区域。

4. 声呐

声呐，是由英文"Sound Navigation And Ranging"（声音导航与测距）的缩写"SONAR"音译而来，是利用声波在水中的传播和反射特性，通过电声转换和信息处理进行导航和测距的技术，也指利用这种技术对水下目标进行探测和通讯的电子设备。声呐技术广泛应用于水下监视、水下作业、水文测量、鱼雷制导、水雷引信、鱼群探测、海洋石油勘探、海底地质地貌的勘测和船舶导航等。水下考古工作中经常需要依靠多种声呐设备对水下遗存、水下地形进行探测和定位。用以了解水下地形的起伏变化，确定水下遗存的可能分布区。通过声呐图像的解析，考古人员可以识别出水下的异常物体及其结构，如沉船、古代建筑遗址等。这些异常物体通常是水下考古的重要目标。

图1-5 SeaBat8124型多波束声呐

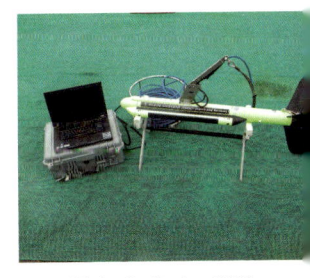

图1-6 System3900高清侧扫声呐

5.潜水

潜水指的是人类在水中借助潜水装备（如水肺、潜水服等）进行的水下活动。这种活动可以是为了探索、研究、救援、娱乐或开展专业工作（如水下摄影、水下考古、水下工程等）。

图 1-7　轻潜

6.海底沉船

自古以来，无数航行于海上的船只因风暴、战争、航行事故或其他未明原因，未能抵达彼岸，最终沉眠海底，被岁月沙土缓缓覆盖，成为海洋生物的栖息之所。得益于先进的水下考古技术，研究者们能够发现、调查、保护并深入研究这些沉船，从而揭开它们背后尘封的故事。沉船上的各类物品，如贸易商品、航海用具、生活用品等，不仅为我们提供了探究往昔海上贸易与文化交流的宝贵线索，还为我们理解当时的造船技术与航海知识提供了极大的帮助。诸如在广东西南海域发现的南宋时期商贸船只"南海Ⅰ号"、在广东省汕头市南澳岛附近发现的明

图 1-8　"华光礁Ⅰ号"沉船

代中后期沉船"南澳Ⅰ号",以及下文提及的"小白礁Ⅰ号"等,均是我国考古发掘出水的著名沉船案例。

7. "小白礁Ⅰ号"("小蓝瑚Ⅰ号"原型)

"小白礁Ⅰ号"是沉没于清代道光年间的沉船,位于宁波市象山县石浦镇东南约26海里的渔山列岛小白礁北侧水下24米处,是一艘从事海运贸易,具有远岸航行能力的木质帆船。"小白礁Ⅰ号"船体上层和船舷等原高出海床表面的构件已不存,残存龙骨、肋骨、船壳板、隔舱板、铺舱板、桅座等构件,船体残长约20.35米、宽约7.85米。沉船上出水的文物种类丰富,包括瓷器、陶器、石材、铜钱、银币、印章、锡器等,这些文物不仅展示了当时海上贸易的繁荣景象,也反映了当时的社会文化和生活习俗。"小白礁Ⅰ号"是一艘具有重要历史和文化价值的清代商贸运输沉船,其发现与发掘为我们了解清代晚期中外贸易史、近代海外交通史以及当时的社会文化和生活习俗提供了宝贵的实物资料。

图1-9 "小白礁Ⅰ号"沉船遗物

图1-10 中国古船模型

图1-11 水下考古调查—仪器探测

图1-12 水下考古调查—陆地调查

8.中国古代船舶

中国船舶制造历史悠久，早在8000年前，东南沿海就有古人开始制造独木舟出行，最迟在距今约3000多年前的商代开始出现木板船。随后，中国古代船舶逐渐发展出与世界其他地区截然不同的独特风格，其种类繁多，设计各异，充分适应了不同的航行需求与地理环境。从依赖风力的帆船到结构繁复的楼船，从轻便快捷的舢板到宽敞稳重的远洋福船，每一种船型都凝聚了古代中国工匠的卓越智慧与非凡创造力。尤其值得一提的是明代的郑和宝船，其宏大的规模和精湛的工艺，无疑彰显了中国古代航海技术的超凡水平。

9.水下考古调查

水下考古调查是一项复杂且严谨的科研工作，旨在发现、保护和研究水下文化遗存。其调查方式主要包括前期资料收集与分析、陆地调查、物探调查、潜水探摸以及遗存的信息采集等工作。水下考古调查方式多样且技术性强，需要综合运用多种设备、技术和方法进行全面、细致的调查工作。

10. 海床测绘

海床测绘是海洋测绘的一个重要分支，是指将海水覆盖下的海底地形及其变化记录在载体上的测绘工作，旨在获取海底地形和地貌的详细信息。它是陆地地形测量的海洋区域延伸，包括水深测量、海上定位测量、海洋地质探测和海底地形图绘制等内容。这项工作是为了满足海洋资源开发、海上军事活动、海洋科学研究等多方面的需求。随着科技的发展，海床测绘的精度和可靠性不断提高，电子计算机和计算技术的应用使得海床测绘逐步由手工方式向自动化方向转化，提高了工作效率和数据的准确性。

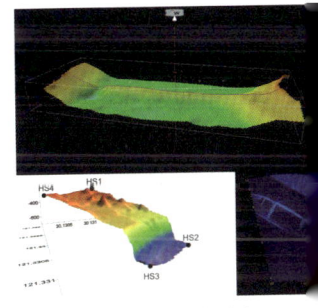

图 1-13　海床测绘

11. 深海潜水器

深海潜水器是一种专门用于深海环境探索、考察和作业的水下装置。它可以根据不同的任务需求和技术特点分为多种类型，主要包括载人潜水器、无人潜水器以及搭载其他深海勘查设备的潜水器。2020 年 4 月 23

图 1-14　深海潜水器

图 1-15　深海潜水器

日,"海斗一号"搭乘"探索一号"科考船奔赴马里亚纳海沟,成功完成了首次万米海试与试验性应用任务,最大下潜深度10907米,刷新中国潜水器最大下潜深度纪录,同时填补了中国万米作业型无人潜水器的空白。这标志着中国已经进入载人深潜技术的全球先进国家之列。

12.水下摄影与摄像

水下摄影与摄像使用特殊的摄影和摄像设备在水下环境中捕捉图像和记录视频。这种技术要求设备能够抵抗水压,通常配备有防水外壳,并且需要考虑到水下光线条件、颜色表现和能见度等因素。水下摄影师和摄像师利用这些设备,尽量真实地反映水下景象,如水生动植物的生活、海底和河床的地质资料、考古发现等。水下摄影与摄像在科学研究、军事技术、教育、新闻传播等方面应用较广。

图1-16 水下摄影与摄像

图1-17 水下摄影与摄像

13.海洋考古学

海洋考古学是考古学分支学科,旨在调

查、发掘和研究古代人类从事海洋活动的文化遗存。研究对象包括沉船、港口遗址、海底城市等。利用海洋性的物质文化遗存去复原、研究海洋文化的多方面、多层面内涵，如古代船舶遗存及其体现的造船、行船技术；港口与码头遗迹及其体现的航海文化、技术；古代外销物品、舶来品及其体现的海上经济文化交流等。海洋考古学包括了从调查、发掘等技术领域到海洋文化史理论的，综合且完整的考古学过程。

图1-18 "小白礁Ⅰ号"部分出水船体构件

图1-19 "小白礁Ⅰ号"部分出水遗物